芝麻科学探险解谜系列

神秘地图
潜水艇上的法老王

银河牧童 / 著

全国百佳图书出版单位
化学工业出版社
北京

麻哥

身世神秘的12岁少年,据说有个行走世界的野外科学家老爸(不过谁也没见过)。喜欢一切跟科学有关系的新东西,会搞一些让人抓狂的发明。

楚夏

陈楚夏,绰号厨侠。不过这个绰号的使用率很低(因为只有他自己使用)。11岁,立志成为中华美食传承者的五年级男孩。体重只有大威的一半,但是与生俱来的幽默感和厨师天赋让人又爱又恨。爱好?!用刀子嘴做饭呀!

嘟嘟镜

欧阳婧,绰号嘟嘟镜。11岁,智力超常的五年级女孩,喜欢计算机和数学。为了保住美好的童年,坚决不跳级。最喜欢阅读并把知识储存在脑海里,当然只有高兴的时候才会掉书袋哟。

小酋长咿呀和猎豹

　　草原部落的"富二代",10岁左右。为了完成部落继承人的试炼,糊里糊涂地加入了麻团科考探险队。行动敏捷,武艺超群。唯一的缺点就是沟通上有点儿问题,说什么都是咿咿呀呀!

　　猎豹是小酋长咿呀的宠物!养只豹子当宠物?!这也太酷了吧!

大威

　　马达威,绰号大威。12岁,身强体壮的六年级男孩。和同龄人比起来,怎么看都像是个留级生。最大的爱好是收集各类徽章。为了徽章,前进!

目录
CONTENTS

引子　迷失深海 ………………… 2

场景1　蛟龙探海 ………………… 5
场景2　大王乌贼之战 …………… 15
场景3　深海怪船 ………………… 24
场景4　船长的宠物 ……………… 34
场景5　叛逃者 …………………… 43
场景6　坐底成功 ………………… 53
场景7　寻找龟冢 ………………… 62
场景8　沉船的诱惑 ……………… 72
场景9　失踪的潜水员 …………… 82
场景10　海底城市 ………………… 92

场景11　法老王之角 …………… 102
场景12　幕后操纵者 …………… 111
场景13　海底灾难 ……………… 119
场景14　突围 …………………… 128
场景15　大副的忏悔 …………… 137
场景16　章鱼群的追击 ………… 147
场景17　海底的王道 …………… 157
场景18　覆灭者 ………………… 166
场景19　重见天日 ……………… 176
场景20　海洋的眼泪 …………… 186

燃烧脑细胞
10个烧脑科学谜题 ……………… 195

  为了探索科学真相，解开自然之谜，十二岁的我和小伙伴们一次次踏上科学探险的征程。草原王国、黑暗海底、始皇陵墓、恐龙世界、地心溶洞、时间虫洞……走遍世界，历尽艰辛，不畏挑战。麻团科考探险队寻找！奋斗！永不退缩！智慧、勇气和爱心，让我们克服了无数艰难险阻。在多年科学探险的试炼中，少年麻哥成长为爆炸头芝麻！

  来吧，一起重温麻哥和小伙伴们的探险传奇！

芝麻

引子
迷失深海

深海，万籁俱寂的黑暗世界。

两束微弱的亮光一前一后，由远及近。

身穿深海轻便潜水服的两名潜水员划动着脚蹼。他们的身边跟随着一群好奇的小鱼。

游在前面的潜水员手里拿着一把自动鱼叉，他好像预感到了什么危险。他举起手来，示意同伴停止游动。

一条足足有几米长的巨大魔鬼鱼出现在前方。它的双翼煽动着，像是神话中的巨魔。

"我去引开它。"平静的声音从耳机中传来。

"还是我去吧！"后面的潜水员同样勇敢。

"别争了。"前面的潜水员划动脚蹼，加快速度迎着魔鬼鱼游了过去。

巨大的魔鬼鱼发现了眼前这个奇怪的猎物。

它兴奋地扇动着巨大的弧形翼翅，以飞快的速度冲向它的猎物，足足能把人脑袋整个吞下去的大嘴张开着，露出了锋利无比的牙齿。

那牙齿就像是一排排圆形的钢锯，能够咬碎一切。

潜水员率先发起了进攻,他手中的鱼叉"嗖"地射了出去,准确地命中了这只巨型魔鬼鱼的头部。

仿佛被一只蚊子叮了一下,魔鬼鱼只是感到自己的身上多了一条小绒绳,它本能地一甩,鱼叉带着潜水员向上飘去。

如同一个武艺超群的大侠,潜水员被魔鬼鱼巨大的甩力抛了起来,他紧紧抓住鱼叉上的绳索,一下子翻到了魔鬼鱼的背上。

就像是一匹未被驯服的野马,魔鬼鱼恼羞成怒,它上下翻腾着,要把背上的这个小东西甩掉。

前方,就是号称黑暗漩涡的暗礁群。

潜水员等的就是这个时刻,他对魔鬼鱼的翻腾应付自如,就在魔鬼鱼的脊背重新朝上的时候,他松开了手。借助被魔鬼鱼搅起的水流,他成功地游进了黑暗漩涡的岩石缝隙中。

就在这时,意外发生了。

另一个潜水员按捺不住兴奋,他也加入了戏耍魔鬼鱼的行列。但是射偏的鱼叉让他处在了十分不利的位置,魔鬼鱼重重地把他抛起来,然后像打棒球一样用侧翼把他击了出去。

虽然处在飞速的运动中，但潜水员在水中仍努力保持着自己的方向。

直到一块锋利的岩石割断了他背上气瓶的送气管。

"完了！"潜水员彻底慌了。

呼出最后一口气，他知道只要不到三分钟，他就将陷入昏迷，直至死亡。

绝望之间，一只手伸了过来，前面的潜水员递过来一根送气管。

然后前面的潜水员拔掉自己的送气管，推开后面的潜水员下意识阻挡的手臂，替他把送气管安装好。

深海之中，前面的潜水员把生的希望让给了同伴。

"不！不要！"被救下的潜水员试图挽留同伴。

"好好生活。"淡然的笑声中，前面的潜水员毫不惊慌，他吸足最后一口气，向黑暗漩涡义无反顾地游去。

蛟龙探海

"哈哈!我闻到了大海的味道!"楚夏闭着眼睛,把头埋在一个足以把他脑袋吞掉的贝壳里。

"哎哟!小心点儿!"麻哥的视线从地图上移开,他跳起来把楚夏的头从贝壳里拔了出来。

嘟嘟镜拿着那本大百科全书目不斜视:"我劝你还是离麻哥的大贝壳远点儿,这可是他的心肝宝贝。"

"还记得这是那个著名的潜水英雄送给我的礼物。"楚夏故作姿态地学着麻哥的样子,"就算再珍贵也不过就是个贝壳,要是有颗大珍珠在里面还差不多。"

"我就知道你们都在这里!"洪亮的声音之后,大威那硕大的身体从门外撞了进来,"不是接到了出发的命令了吗?你们还磨蹭什么?"

"可是,我们只收到了三张船票,好像没有你的。"麻哥狡黠地瞟了一眼楚夏。

"是啊是啊!"楚夏心领神会,"我正要打电话给他

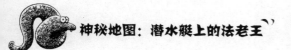

们，要不你就别去了？"

不出所料，大威的"坦克炸弹"马上就被引爆了！

"什么！岂有此理啊！"大威气势汹汹地看着大家，"凭什么没有我坦克大威的船票？要是这样，我们大家都不去！看看他们还敢小瞧我们！"

"可是我们都答应了。"嘟嘟镜把书抱起来放在一边，也加入到游戏中来，"我们说实在不行的话，就让大威留在家里看守大本营，反正在海底坦克也是要熄火的。"

"这这这，那那那……"大威被这突如其来的打击弄得舌头都不听使唤了，"你们这么做也太不够朋友了，不是说好了同进退的嘛！"

"可是这次毕竟是乘坐著名的'探险号'深海潜水器一起探海啊！"麻哥一副无辜的样子，"大家都不想放弃这个机会！"

"哎！好郁闷啊！"大威的脑门上汗都出来了，他沮丧地一屁股坐在了地上。

"哈哈哈哈！太好玩儿了！"楚夏终于没憋住笑出声来，"大威的样子太逗了！"

"好啊！又是你捣鬼！"大威听见楚夏的坏笑立刻明白了几分，他"腾"的一下从地上弹了起来，冲着楚夏追了过去。

楚夏早就做好了逃跑的准备，他像猴子一样"嗖"地蹿了出去，两个人在房间里你追我赶，玩起了猫捉老鼠的游戏。

"大海！我们来啦！"大威伸出手臂，敞开怀抱。

早晨的空气湿润而清新，在新建的码头上，"海上巨人号"科考船已经整装待发。身穿制服的科考船员们各就各位，做着出航前的各项准备工作。

最新型"探险号"深海潜水器静静地被固定在甲板上。同功勋卓著的前几代深海潜水器相比，新一代的"探险号"体积更大、更结实。

"欢迎你！麻哥。"一双大手伸了过来，身着笔挺白色制服的科考船长微笑着。

"船长！麻团科考探险队向您报到！"麻哥郑重地握住船长的手。

"我算是看到真容了！"船长的眼角掠过一丝疑虑，但转瞬即逝，"你们可是让人刮目相看啊！"

"自古英雄出少年啊！"一边的水手长拍着长满厚厚老茧的手，"不简单！"

"你们科考探险队就四个人吗？"船长看看麻哥身后的大威、楚夏和嘟嘟镜。

"是啊！"大威重重地点点头，"就我们四人组合。"

"可是，我们明明发出了六张船票啊！"船长不解地看着大家。

"啊？！"麻哥最先明白了，"你们给他也发了船票？"

一双没穿鞋的脚奔跑着。

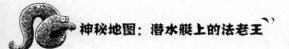
神秘地图：潜水艇上的法老王

额头的汗珠顺着羽毛头饰流下来，伴随着呼哧呼哧的喘气声。

手里拿着的长矛，矛尖被磨得闪亮。

风一样的猎豹，在身边做出优美的奔跑动作。

水手的一双大手用力扳动着船舵，科考船的靠岸舷梯被缓缓收起。

"嘟！嘟！嘟！"即将出发的科考船汽笛长鸣。

咔嚓！定格！

"这家伙跑得真快啊！"放下手中的相机，一个科考船员挠着蓬乱的头发。

"像豹子一样快！"另一个科考船员看着渐渐离岸的科考船。

"等！等！"跑在前面的小酋长咿呀看着离开岸边的科考船大声地喊着。

"咿呀！快呀！"大威兴奋地招手。

"快停下！"楚夏冲着驾驶舱挥手。

"不要停！"麻哥斩钉截铁地阻止了舵手，"我最讨厌不守时的人！"

一米，两米，三米，科考船离岸已经有五米了！

一道豹纹闪电腾空而起，绚丽的天空中掠过矫健的身影，四条腿在空中尽情舒展，锋利的豹爪攀住了绳梯，猎豹弓身一跃，然后稳稳地落在了甲板上面。

"漂亮!"甲板上掌声雷动,聚集在船上的科考船员们头一次见到这么不怕人的勇猛猎豹!

"咿呀波噜波!"伴随着高亢的呼啸声,一个装饰着绚丽羽毛的部落小战士腾空而起。

他在空中腾挪着脚步,身姿像跨栏世界冠军一样矫健。

"扑通!"只差不到半米,小酋长咿呀在空中做了一个美丽的跨越动作之后,像一个铁球一下子掉到了水里。

"咿呀咿呀!"小酋长刚喊了一声,一大口又苦又涩的海水就冲进了他的喉咙。

"接着!"水手长不慌不忙,他像蒙古草原上的套马汉子一样,准确地抛出了一个救生圈。

橘红色的救生圈仿佛长了眼睛,"啪"的一下将小酋长

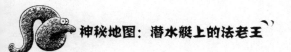
神秘地图：潜水艇上的法老王

咿呀套个正着。

噌噌噌噌！几个膀大腰圆的水手拉住救生圈上的绳索，将狼狈不堪的小酋长拉了上来。

"咿呀咿呀！"小酋长摸了一把脸，将手里的船票递给了大威。

"麻哥！你错怪咿呀了！"嘟嘟镜看着面色有些难看的麻哥，"咿呀不识字啊！"

"是啊是啊！"楚夏附和着，"真不知道他是怎么找到这个码头的。"

"就是，这也不能怪他。"在屋里待不住的大威最理解小酋长，"谁喜欢天天像你一样窝在实验室里啊！何况人家本来就是在野外生活的部落战士！"

"怪我！怪我！"麻哥的脸"腾"的一下红了，觉得特别不好意思，"他一天到晚带着猎豹到处跑，我都忘了要把他带上了。"

"看看吧！这就是'探险号'！"船长微笑着开始向大家介绍这艘科考船。

"它的前辈我就不用介绍了。当在世界上最深的马里亚纳海沟坐底成功后，它理所当然地占据了当时各大报纸的头条。"船长如数家珍，"这个型号是我们的最新科研成果，应用了多个学科领域的尖端技术。但是在操作上却大大简化了，非常容易上手。"

大威和楚夏好奇极了，他们摸摸这儿，碰碰那儿，仿佛来到了一个藏宝地。

"在这里我们真的能看到海洋深处的那些动物吗？"楚夏兴奋地询问道。

"如果有足够的照明，我想并不困难。"听了船长礼貌的回答，楚夏尴尬地笑了笑，海洋深处可不是鱼缸，那可是真正的黑暗深渊啊！

"深海潜水器中的氧气够用吗？"麻哥的问题显然经过深思熟虑，毕竟大家去的可是深不可测的海底。

"我们采用了一套最先进的制氧设备，能够从海水中直接分离出氧原子合成氧气。"船长用手摸着崭新的操作台，"尽管从潜艇时代起这就不是什么问题了，但是这套设备体积小、重量轻，特别适合在小型深海潜水器上使用。"

"我有一个问题。"嘟嘟镜刚刚想起了在百科全书里看到的一个问题，"深海潜水中常常会遇到水压极限，我们是不是真的不能够在海底交谈？还有，我的钢笔会不会被压扁？"

"水压可是个可怕的东西。"船长带着恐怖语调的表情有些夸张，"早期的潜水病就是由于深海水压造成的。而一旦超过了水下400米的极限，潜水舱里的潜水员们就只能用手势互相交谈，因为他们彼此根本听不清对方说什么。"

"哇！这下小酋长咿呀有优势了！"大威咂咂嘴，"看来我们要学一些哑语了。"

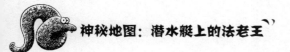
神秘地图：潜水艇上的法老王

"完全不用。虽然带上一支铅笔在水下还是比较保险的，但是我们这一代的'探险号'已经彻底解决了这个问题。你们不仅能够在水下自由交谈，如果你们不出去的话，甚至根本感受不到水压对人的影响。"

"好先进的科技啊！"楚夏竖起大拇指，"我要点个赞！"

"当然了，在深海中可能会遇到各种不可预知的危险。"船长语气变得沉重起来，"这就是为什么深海潜水器的潜水员和宇航员一样被视为英雄的原因。"

"也许同太空比起来，海底的挑战性更大。"麻哥自言自语，"船长，我们什么时候随'探险号'出发？"

"三天后我们将到达指定海域！"船长接过大副递过来的文件夹，"这上面可是任命你为'探险号'深海潜水器的科考艇长。到时候你的命令随时生效！"

"深海潜水器准备就绪！"洪亮的声音从驾驶舱传来。

"我们已经到达指定区域！"大副的声音从船长室传来。

"下潜倒计时！"船长的目光盯着面前的屏幕，那上面显示深海潜水器中的麻团科考探险队整装待发。

"十、九、八、七、六、五、四、三、二、一！出发！"

"探险号"深海潜水器拖着长长的缆索跃入了平静的大海，甚至连一朵水花都没有溅起来。

"真不明白，科学院为什么让一群孩子来探索海底。"

大副摇着头。

"听说和一幅海底地图有关。"船长说到这里停了下来,"但愿他们顺利!"

深海潜水器中,麻哥坐在安全座椅上,从怀中掏出了那张地图。

世界上最深的地方在哪里?

大王乌贼之战

场景 2

"警报!警报!有莫名生物入侵!"

驾驶舱内传来金属般的报警声,红灯闪烁。

"我们不会遇上妖怪吧!"望着外面黑漆漆的海底世界,大威兴奋地说。

"拜托!我们这是在2000多米深的海底!"嘟嘟镜瞪了一眼大威。

"哈哈!你这坦克恐怕要在水里熄火喽!"楚夏还是那副嘻嘻哈哈的样子。只有麻哥一声不响,他手里拿着一支铅笔,聚精会神地观察着舷窗外的变化。

小酋长咿呀怀抱着那根永不离身的长矛闭目养神。他刚刚进入深海潜水器的新鲜感已经消失,不过从他紧绷的肌肉就能看出来,他准备随时投入战斗。

"嘘!猎豹睡着了。"楚夏做了个小声点儿的手势。

猎豹蜷缩在小酋长咿呀的脚边打着鼾声。它真不明白为什么这些人要钻到这个罐子里面。

与在草原上肆意奔跑吹风的感觉比起来,对于第一次进

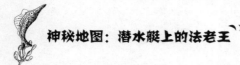

神秘地图：潜水艇上的法老王

入深海的科考探险队员们来说，海底的世界除了充满冒险气息外，更多的是一种异乎寻常的安静。

"那是什么？！"嘟嘟镜眼尖，她用手指着舷窗外。

"啊！"大威和楚夏惊呼着。

连麻哥也一反常态，张大了嘴巴。

舷窗外出现了一只巨型的眼睛，它的大小几乎和舷窗一样大！直径至少有30厘米！

"坏了！大王乌贼！"麻哥和嘟嘟镜几乎同时喊了出来。

在深海中遇到大王乌贼，就好像走入森林遇到了老虎。

"刷"！一道闪电跟着一道闪电！小酋长咿呀已经和猎豹几乎同时蹿到了舷窗前。猎豹的爪子把舷窗玻璃挠得咯吱咯吱乱响。小酋长咿呀手拿长矛也处于战斗的状态。

"我倒想知道它想干什么？"大威是天生的豹子胆，他把脸凑过去，紧盯着舷窗外那只眼睛。

那只眼睛空洞而好奇，它一眨不眨地看着来自陌生世界的生物——人类。眼中没有一丝表情。

"加速，加速！我们必须离开这里！"麻哥果断地下达了命令。

"正在加速！"楚夏按下了加速按钮。

舷窗外的眼睛立刻消失了。深海潜水器里的人们明显地感到了下潜速度在加快。

一下子找不到了对手，猎豹急得在舷窗前走来走去。

"嘘！！！"小酋长咿呀把手放在猎豹的头上安抚着它。

"可惜啊！"大威咂着嘴，"不能和它大战三百回合了。"

"但愿到3000米深度我们能够摆脱它!"麻哥可是一点也不乐观。

"你是说我们在向下加速?!"大威傻乎乎地看着大家。

"我们坐的是深海潜水器啊!"嘟嘟镜无奈地摇摇头。她实在是佩服大威的无知。

"深度2350米!"楚夏报告道。

"深度2350米!"嘟嘟镜重复着。

"我们可能摆脱大王乌贼了。"楚夏把手从加速按钮上拿下来,刚才他太紧张了。

"再等等。"麻哥并没有那么乐观。

"吼!"一片寂静中,猎豹忽的一下再次扑向了窗口。

那只空洞好奇的眼睛又一次出现在舷窗的外面。

"看来我们被盯上了。"嘟嘟镜咬咬牙,"它到底想要干什么?"

"甭管它想干什么,就算它有再锋利的牙齿,也咬不透深海潜水器的壳儿。"大威很自信地看着舷窗外的眼睛。

这点大家深信不疑。在科考船下到海里之前,科考船长就曾骄傲地声明,这个深海潜水器是目前世界上最坚固可靠的潜水器。

"就怕它不想咬咱们,而是……"楚夏咬着手指头,表情看上去很复杂。

"而是什么,说话不要吞吞吐吐。"大威有点儿不耐烦,"我就不信一个软体动物能把我们怎样!"

忽悠忽悠!哐当!大威的话还没说完,舷窗外的眼睛再

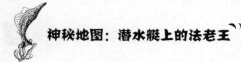
神秘地图：潜水艇上的法老王

次消失了。紧接着潜水器开始剧烈地晃动起来。连敏捷的猎豹也惊慌失措起来，它一下子蹦到了大威的头顶上。

"啊呀！"大威跌了个脚朝天，他的头撞到了金属内壁上，只觉得眼冒金星。

小酋长咿呀在空中一个空翻抓住了扶杆。

尽管系上了安全带，嘟嘟镜和楚夏还是在椅子上摆出了难看的姿势。

倒是麻哥一副安然无恙的表情，他双手抱头紧缩在角落中，一看就是经过专业的安全逃生训练。

"我想它是把我们当作玩具了。"直到这个时候楚夏还是忘不了开玩笑。

"打开环境摄像头！"麻哥再次下达命令，"我们得知道它在干什么！"

"好嘞！"楚夏的手指即使在晃动中仍然准确地按下了摄像头按钮。顿时，潜水器外部的摄像头被打开了，强烈的环境照明灯将潜水器周围瞬间点亮。

潜水器内部的监视器也被启动了，一幅前所未有的画面展示在大家面前。

一只巨大的大王乌贼舞动着十个布满吸盘的巨大触手，将潜水器紧紧裹住、松开，就像是一个在抖动圣诞礼物的孩子一样玩弄着潜水器。

也许是潜水器的照明灯突然打开的缘故，大王乌贼忽然停止了动作。

"我说咿呀！你能不能别像猴子一样在上面晃来晃

去？！"潜水器停止了晃动，大威冲着小酋长咿呀不满地喊道。

"嘻嘻！"小酋长咿呀不好意思地跳了下来，右手拉住安全扶杆。

"看来大王乌贼还是很怕光的！"嘟嘟镜指着画面上好像被定住的大王乌贼。

"我们这点光最多就是向它证明，潜水器是一只硬壳的海底发光生物！"麻哥笑了笑。

"可是总这么晃，就算是吃不了我们，估计我们也会被晃散了架！"楚夏无奈地吐吐舌头。

"看！它在干什么？"大威的眼睛睁得溜圆，指着屏幕。

外面的大王乌贼重新开始了动作，这一次它用一只触手小心翼翼地伸向舷窗，用触手上的吸盘吸附在舷窗上，开始用力。

"哗啦哗啦！"舷窗被大王乌贼的触手拉得直响。

更可怕的是，双层的防压钢化玻璃外层居然出现了一条细细的发丝一样的裂纹！

神秘地图：潜水艇上的法老王

"完了完了！舷窗要被它拉坏了！"大威有劲儿没处使，他暴躁地用手捶着内壁。

"可惜我们连自卫的武器都没有！"麻哥也是无可奈何，他的眉头锁在了一起。

"怎么办？怎么办！"嘟嘟镜最着急，她可不想葬身海底！

一片寂静，也许等待是现在最好的办法。

只有猎豹愤怒地用爪子和舷窗外那个巨大的怪物做着象征性、无谓的抗争。

就在这时，停在舷窗上的大王乌贼的触手忽然剧烈地抽动起来。

一个意想不到的画面出现在监视器上。

"是抹香鲸！"麻哥肯定地盯着监视器屏幕。

"大王乌贼的天敌！"嘟嘟镜激动得声音发颤。

"加油！抹香鲸！"楚夏攥紧了拳头。

"加油！三回合击倒它！"大威咬着牙，好像是自己在战斗。

"吼吼吼！"小酋长咿呀唱起了部落战歌。

"嗷！"猎豹也发出了助阵的吼声。

此时此刻，潜水器外的海底世界，一场真正的战斗拉开了序幕。

大王乌贼没有料到，在自己追踪猎物的同时，竟然成了抹香鲸的狩猎目标。

最可恼的是，在大王乌贼袭击舷窗的时候，抹香鲸发动了攻击。

作为深海中的超级猎手，抹香鲸几乎很少失手。

抹香鲸会在第一时间攻击对手，防其逃脱，然后迅速吃掉猎物。

这一次它却失算了。

尽管抹香鲸咬住了大王乌贼的一只触手，但是大王乌贼居然壮士断腕！

它迅速丢掉了这只触手，给抹香鲸当大餐，然后开始绝地反击。

九只痉挛般的触手丢开潜水器，其中两只护住要害，剩余七只牢牢地吸住了抹香鲸的身体。

抹香鲸并不慌张，它开始翻滚着急速下降！

"盯住！"麻哥紧盯着监视器，外面的战斗扣人心弦。

"抹香鲸会赢吗？"大威的手心都出汗了。

"百分百会赢！"嘟嘟镜拥有十足的把握。

"噢耶！"楚夏大喊起来，潜水器外的战斗发生了巨大的变化。

利用旋转下降的机会，抹香鲸又成功地吃掉了大王乌贼的两只触手，大王乌贼疼得浑身抽搐。

不过它仍然死死地用剩余的五只触手缠住抹香鲸。

但不幸的是，它的身体在旋转中暴露在抹香鲸的大嘴下面。

依靠那两只柔软的触手，它怎能抵挡抹香鲸的致命一击！

"搞定！"大威、楚夏、嘟嘟镜扰手相庆。

"我们终于安全了！"麻哥擦了擦头上的汗水。

小酋长咿呀和猎豹也高兴地跳了起来。

"糟了！"楚夏指着监视器瞠目结舌。

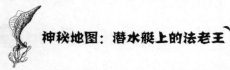
神秘地图：潜水艇上的法老王

胜负往往就在一秒钟之内逆转！

本已胜券在握的抹香鲸没有想到大王乌贼会孤注一掷。

在最后的时刻，大王乌贼放开护住要害的两只触手，把自己敞开在抹香鲸的大嘴边。

抹香鲸想都没想就是一口，但是它没咬到。

大王乌贼轻盈地一转，两只触手死死堵住了抹香鲸头上的气孔。它用其他五只触手将自己牢牢地固定在抹香鲸大嘴的一侧。

被堵住气孔的抹香鲸完全处于下风！

只有上浮，否则就是死路一条！

2000多米的距离，谈何容易！

处在上风的大王乌贼拼尽全力阻挡着抹香鲸的上浮。如果让它露出海面，那自己就是死路一条！

两个深海中的对手都在誓死一搏！

即使是在麻团科考探险队队员们的视线中消失之前，大王乌贼仍然不忘用其中的一只巨大的触手狠狠地抽向潜水器。

面对着瞬息万变的"战况"，潜水器中的小伙伴们触目惊心。

伴随着剧烈的晃动，潜水器舷窗玻璃上一道道裂纹像珊瑚一样缓缓绽放。

抹香鲸身上真的抹了香水吗？

深海怪船

"我们要葬身海底啦!"楚夏指着玻璃大叫着。

珊瑚状的玻璃裂纹开始蔓延,伴随着轻微的碎裂声,像是打在窗户上的雨滴。

"大王乌贼又回来啦!"大威冲到舷窗前,双手扒在窗户上。

啪!巨大的触腕再一次扫向潜水器,在剧烈的摇晃中,那触腕仿佛要牢牢地抓住潜水器。

"上浮!"麻哥紧紧盯着屏幕,"离开海底!"

"潜水器准备中!"楚夏端坐在操作台前,"正在上浮!"

黑暗的海底,潜水器被大王乌贼的巨大触腕裹挟着迅速上升!

"上浮100米!"楚夏盯着仪表盘,"上浮200米!"

哗啦!潜水器上被损毁的双层玻璃发出尖锐的碎裂声,外层玻璃被水压彻底摧毁了!

"上浮300米!"楚夏报告着,"上浮400米!"

"加快速度!"麻哥在心里暗暗祈祷着,"千万别再出什么事!"

"快看!"嘟嘟镜指着窗外的大王乌贼,"大王乌贼要跑!"

窗外,牢牢堵住抹香鲸气孔的大王乌贼本来想要抓住"探险号"来摆脱不利的局面,谁想到麻哥早就看穿了大王乌贼的意图。

"大王乌贼不笨啊!本来想拉着咱们一起到深海。看到咱们要上浮到浅水区,马上就跑了!"麻哥看着大王乌贼挣脱了潜水器,像一条战败的小狗,隐约消失在视野之外。

"我明白了!离海面越近水压就越小,大王乌贼会因为水压变化而死亡。"嘟嘟镜佩服地看着麻哥。

"是啊!第一次这么近距离看到大王乌贼。"麻哥瞅了瞅伙伴们,"抹香鲸想把大王乌贼拉上来,就是要让它脱离深海,一旦到了海面,减小的水压就会导致大王乌贼的身体炸裂,它肯定死翘翘。"

"在黑暗的海底,眼睛越大越有利啊!"楚夏抹了抹头上的汗珠,刚才太紧张了。

"联系科考船!"麻哥走到楚夏的背后,"报告我们的情况!"

"科考船!科考船!我是'探险号'!我是'探险号'!"楚夏呼叫着。

重新矫正的屏幕上雪花闪闪,一片沉寂。

神秘地图：潜水艇上的法老王

"出故障了。"楚夏手忙脚乱地按动着按钮，"联系不上了。"

"糟了！"麻哥暗暗叫苦。负责定位的缆索早在下潜之初就被解掉了，如果通信中断，潜水器在大海之中就像一个贝壳一样难以寻觅。

"这个舷窗只有一层玻璃了。"嘟嘟镜担心地看着那层玻璃，"不知道它能撑多久！"

"应该没问题。"楚夏安慰着嘟嘟镜，"它不是还没裂嘛！"

"找不到科考船正好！"大威反倒大胆起来，"我们正好来个海底两万里。"

"咿呀咿呀！"一直沉默不语的小酋长咿呀冲着大家喊起来，一头抹香鲸从舷窗前游过，用面庞亲了亲潜水器，然后向上迅速游去。

"吱！"嘟嘟镜面色苍白地指着舷窗的单层玻璃，"它好像真的要裂了！"

一条像光线一样的细纹随着声音从玻璃一角延展开来，最终停留在了舷窗的另一角。

在众人惊惧的目光中，细纹安静下来，玻璃并没有碎掉。

"上浮！去海面！"麻哥大声发布命令，"到了海面就有办法了。"

"距离海面还有500米！"楚夏一面紧盯着舷窗，一面报告。

"拜托！千万别碎！"嘟嘟镜眼神专注地祈祷着。

"距离海面还有400米！"楚夏的手心里全是汗。

"全体队员换上深海潜水服！"麻哥接替楚夏坐在操作台前。

"距离海面还有300米！"麻哥的声音冷静而沉着。

"该你了！"大威拍拍麻哥的肩膀，他穿上深海潜水服显得更笨了。

"好！"麻哥站起身来。

"嘭！"就在一瞬间，细纹攀附的舷窗发出巨大的响声，海水汹涌而入。还没有换好潜水服的麻哥一下子被海水冲倒了。

"麻哥！"大威冲上前去，伸手抓住麻哥。

"我没事儿！快进隔离舱！"浑身湿透的麻哥和大威冲向隔离舱，其他人正在里面手忙脚乱地换着潜水服。

"关上门！"大威和楚夏用力撞上了舱盖。

麻哥一下子瘫倒在地，大口大口地喘着气。

涌入驾驶舱的海水咆哮着，徒劳无力地冲击着隔离舱的门。

一片沉寂中，穿上潜水服的猎豹变得异常烦躁，这套动物潜水服穿在身上很不舒服。

"如果没人来救我们，我们会沉入海底。"嘟嘟镜仔细研究过"探险号"的船体，隔离舱只占了一小部分，驾驶舱里的海水足以将他们带入深海。

神秘地图：潜水艇上的法老王

"发射水下求救星弹。"麻哥指了指旁边的红色按钮，"然后听天由命吧！"

大威的手指按住红色的按钮，潜水器发射出一组求救星弹。

如同绚丽的烟花，爆炸的星弹将潜水器周围将近500米范围的海水装点成了七彩世界。

"戴好面罩！"麻哥下达了最后的命令。

主舱已灌满海水的"探险号"潜水器开始下沉，速度越来越快。

已经受损的潜水器如同一部直达海底的电梯，向着黑暗坠落下去。

在不远处的海底，一艘游弋着的黑色幽灵般的潜艇追踪着求救星弹急速驶来。

一只看上去笨拙、巨大的机械臂像摆弄一个魔球一样，牢牢地夹住了潜水器。

一束亮光穿透黑暗照在潜水器那已经有些变形的外壳上，一艘小型救生潜艇缓缓驶来。

潜艇上的潜水员打开头灯，他们从底舱的出口钻出来，钻进了潜水器的驾驶舱。

"快！"两个潜水员拿着水下切割设备切开了隔离舱的舱门。

在下坠过程中已经被撞得神志不清的麻团科考探险队的队员们被潜水员挨个抱了出来。

"欢迎你们来到'海洋一号'！"一张模糊的脸渐渐清晰，硕大整洁的牙齿，满脸刮得泛青的胡茬，脸上肌肉的线条扭曲中透出刚毅、果敢。

"我们得救了？"刚刚睁开眼的大威看清了面前这个穿着考究海员制服、长得有点像海盗的中年人。

"是的，你们都还活着。"中年人看着几个摘掉面罩、浑身无力的孩子，"很难想象你们居然可以经得住水压的剧烈变化。"

"是潜水服的功劳。"麻哥有点发晕，他把自己的眼镜扶了扶,"谢谢你们救了我们。"

"感谢求救星弹吧!"中年人笑了笑,"多么绚丽的海底烟火表演啊!"

"你们是什么人?"嘟嘟镜四下望了望,这里看上去像是一个很大的会议室,装饰华丽而古典,此刻他们正躺在沙发上,周围站着彬彬有礼的青年海员,有男有女。

"看来你们还是一群菜鸟啊!"中年人自言自语,口气显得很傲慢,"在水下世界,没有人不知道'海洋一号',当然它不是为某国政要服务的,确切地说,它是一个独立王国。"

"这么说你们是海底的海盗喽?"楚夏想出了一个自以为很高明的说法。

"海盗?"中年人哈哈大笑起来,"那帮愚蠢的家伙,连我们这条船上的厨师都不屑成为一名海盗。我们是海底世界的贵族,是海底世界的主宰者。"

"这个称呼倒是很奇特。"麻哥往下拉了拉潜水服领口的拉链,"我们难道来到了海底城?"

"只是一艘潜艇!"中年人对麻哥有着一种和别人不同的敬意,"我是船上的大副哈雷。"

"你们习惯于把潜艇叫做船吗?"嘟嘟镜故意问道。

"是的。它和一艘船最大的区别在于,我们不仅能够在海面上兜风,更能够在海底自由自在地航行。"大副哈雷的脸上流露着骄傲。

嘟嘟镜惊奇地发现,大副哈雷脸上的神情在那些站在一旁一句话不说的男女船员脸上同样存在，好像他们是在一个特别了不起的地方一样。

"好了！衣服和工作餐已经为你们准备好了。"大副哈雷挥了挥手，"在餐厅吃完饭，他们会送你们回房间休息。"

"哇！这哪里是工作餐！"大威瞪大了眼睛欢呼着，"这简直是美味大餐啊！"

"喔喔喔！"楚夏居然夸张地站起来了，他那特有的厨师嗅觉一下子被激发出来，"这里居然隐藏着绝世的大厨！这才是真正的厨侠啊！"

一旁不说话的麻哥点点头，确实是美味大餐！

新鲜的法式焗牡蛎，摆放夸张的巨大龙虾刺身，用海底食用水草做成的沙拉，五颜六色的鱼籽，香气四溢的炖深海鱼，各种不同的贝类烧烤，米饭、寿司、点心，甚至还有面条。

"不说什么了。"嘟嘟镜用湿毛巾擦了擦手，"我先吃了！"

"问问他们艇上，不，是船上还缺船员吗？"楚夏故意大声说道，"我愿意在这里生活一辈子！"

"快吃吧。"大威猛嚼着炖鱼，"你不会是一个地地道道的吃货吧？我可不会为了吃的留在这条船上。"

"不好意思。"刚吃了两口的麻哥询问旁边扎着马尾辫的女船员，"我能见一见船长吗？"

神秘地图：潜水艇上的法老王

"见到他可不容易。"女船员礼貌地笑着回答，"我来船上一年多了，也才见过他一两次。"

看到麻哥和其他小伙伴脸上流露出失望的表情，女船员立刻安慰道："别担心，如果他想见你们的话，会第一时间通知的。为了让你们打发时间，我会带你们去各处走走。"

潜艇为什么可以下潜到水中？

船长的宠物

真的了不起!

麻哥终于明白了那些船员脸上骄傲的神情是发自内心的。

与其说这是一艘潜艇,不如说这是一个世界!

是的,一个绚丽的世界!

走在潜艇宽阔的巡游长廊中,新奇的感觉扑面而来。

"看!天空!"大威指着长廊顶部,那上面是蓝天白云,偶尔有鸟儿飞过。

"是最新的LED成像技术。"女船员亲切地笑着,"图像都是实拍的,这可以让潜艇上的生活更有趣。"

"会动的照片。"嘟嘟镜在走廊里站住了,照片上一个孩子正冲她挥手。

"我猜这个是感应技术,"楚夏探寻地看着女船员,"它能根据我们的动作做出回应。"

"没那么复杂。"女船员站在照片前用手指着,"就是连续摄影,像一段动画。船员们可以把家人的动作拍下来放在这里让大家欣赏。"

"这一段叫做丝绸之路。"拐过一个弯儿，进入了一段古色古香的走廊，连头上的LED背景都散发着古老的气息。

绘画、书籍、瓷器、古玉，甚至还有一幅完整的壁画！

"这都是船长从世界各地的拍卖会上搜集的古代遗存。他曾经说过，总有一天他会把它们送回故乡。"女船员讲到这里停顿了一下，擦了擦眼角，嘟嘟镜感动得鼻子一酸。

"这是室内五人足球场。"看着十来个在场上奔跑的年轻船员，女船员打趣地看了看大威，"要不要下场一展身手？"

"那当然好！"大威习惯性地秀了秀肱二头肌，"我坦克大威无坚不摧！"

"要不去游游泳？"女船员推开一扇门，门内是一个长50米、宽25米的标准游泳池。

"在海底建泳池？！"楚夏边摇头边大喊，"这也太夸张了吧！"

"没错！一点必要都没有！"大威激动地附和着。

"我想再问一遍？"麻哥认真地看着女船员，"你敢肯定我们是在一艘潜艇上？"

"还是忘掉潜艇这个词吧！"一个浑厚稳重、充满磁性的声音从背后传来，"欢迎来到'海洋一号'！"

"如果用我的说法，我宁愿叫它水下巨舰。"锃光瓦亮

神秘地图：潜水艇上的法老王

的皮鞋、裤线笔直的西裤、有点儿湿漉漉的像是刚洗完的头发，一股海洋的气味儿扑面而来。

"船长！"女船员把手举起来敬了个礼，"船员007号向您报到！"

"看来我们的客人休息得不错。"英挺的鼻梁、浓密的剑眉、挺拔宽阔的脊背、说话时耸动的喉结，让嘟嘟镜看得目瞪口呆。

一个男子汉气概十足的高大美男子站在了大家的面前。

这让他身后那个年轻俊朗、体格魁梧的随从显得相形见绌。

"叫我邓肯！肯定的肯。"邓肯船长潇洒地扬起手指，他的白色船长服纤尘不染，浑身上下洋溢着只有领袖人物才有的迷人气质。

"船长，您，您好。"受邓肯船长气场的影响，连大威这样粗线条的人也觉得心跳加速。

"你是大威！"邓肯船长两眼直视着大威，郑重地伸出手来，"坦克大威！"

"啊？！船长，您、您、您竟然知道我的名字。"大威受宠若惊。

"楚夏，号称厨侠！怎么样，我们船上的菜还合你的胃口吗？"邓肯船长幽默地眨了一下眼。

"好吃！好吃好吃！"楚夏愣住了，厨侠这么冷僻的称呼可是只有极少数人知道。

"嘟嘟镜，大名欧阳婧。少年奇才！"邓肯船长看着冷静的嘟嘟镜，"我说得没错吧？"

"我只想知道，您是怎么知道我们的。"嘟嘟镜带着一脸疑惑。

"小酋长！还有你的猎豹朋友！"邓肯船长伸出手。

小酋长咿呀并没有跟邓肯船长握手，他警惕地看着面前的这个陌生人，一边的猎豹看到主人的态度也开始龇牙咧嘴，这两位如临大敌的认真举动把在场的所有人都逗笑了。

"还有你！尊敬的麻哥。麻团科考探险队的队长！"邓肯船长礼貌地一俯身，"你和你的深险队早已大名鼎鼎。"

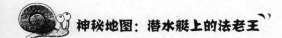

神秘地图：潜水艇上的法老王

"很高兴认识您，船长！"麻哥看着意气风发、举止稍微有些夸张的邓肯船长。

"到我的船长室去，我好久没有见到外界的客人啦！"健谈的邓肯船长豪爽地发出了邀请。

"关于你们的报道有很多，我只不过是留意了一下。"邓肯船长转过身，从随从手里接过一个精致的水晶鱼缸，"介绍一下，我的好朋友，小章鱼保罗先生。"

鱼缸中散发出海水的味道，一条把自己的头藏在罐子里的小章鱼此刻正紧张地挥舞着它的触腕。麻哥注意到它的八条触腕中有一条只有一半。

"它有点儿害羞。"邓肯船长笑眯眯地对大家挤了挤眼睛，"来吧，保罗！见见咱们的客人。"

紧接着，邓肯船长做出了一个匪夷所思的动作，他把头探进鱼缸中，湿湿的头发像水草一样飘在鱼缸里。

"小章鱼动了！"大威把头一下子凑近鱼缸。

细细的触腕触摸着邓肯船长柔软的头发，一个胆怯的小脑袋从罐子中慢慢露出来。和小小的身体极不和谐的是那双大大的眼睛，像人类的眼睛，不安而害羞。

"它在向大家问好呢！"邓肯船长把伸进鱼缸中的脑袋抬起来，青年船员立刻递上一条干毛巾。

"这倒是一个有趣的交流方式。"嘟嘟镜十分感兴趣，"您居然懂章鱼的语言。"

邓肯船长看着船员把小章鱼放进船长室长方形的大鱼缸里，他的目光始终没有离开过小章鱼。

"我就是为大海而生的。"邓肯船长自信地用毛巾把头发擦干，"大海的味道如同琼浆，只有在这里我才能够得到永久的安宁。"

"您还是一位诗人。"麻哥称赞道，"您对大海的感情很深。"

"我们这条船就好像是一个世界。当然，对于无边无际的大海来说，即使我的海底巨舰像一艘水下的航母，仍然只能说是沧海一粟。"邓肯船长指着鱼缸里的小章鱼，它正好奇地用眼睛打量着大家。

"船长，我想问一下，真的有海底地图吗？"楚夏冲着麻哥点了点下颌，故意问道。

"这要看怎么说了，其实海底和陆地本没有大的区别，因为它们都是地球的一部分。那么依照地理标记，海底当然可以画成地图。"邓肯船长踱着步，"可海洋巨大的水资源将海底覆盖得严严实实，这给人们勘测海底世界造成了巨大的困难。"

"这倒是真的！"嘟嘟镜点点头，"所以我们所说的海图是指航海图。"

"人类中有一类人很有趣，他们会成为优秀的潜水员，在海底如鱼得水。可是到了陆地上却都是十足的路痴，因为他们分不清东南西北。"邓肯船长哈哈大笑着，"我有几个

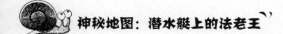

朋友就是这样的人。"

"您的意思是说在海底根本不需要分辨方向?"麻哥带着探讨的语气问,"那我们怎么找到海底的标志物呢?"

"一般来讲,我们会根据海面上的经度和纬度来定位所在的海域;等到了海底,更多的是依靠海底的实际环境来确定方位。百米以下的海底连光线都会被吞噬,黑暗中寻找东南西北岂不是盲人摸象吗?"邓肯船长耐心地讲解着,"不过对于我们来说,海洋就像是陆地,闭着眼都能找到目的地。"

"可怜的小家伙!"嘟嘟镜这时候已经能和鱼缸里的小章鱼保罗玩儿在一块儿了。小章鱼的一条触腕已经从鱼缸上方伸了出来,嘟嘟镜正要用手去接触那条触腕。

"别动!"邓肯船长一把拉住了嘟嘟镜的手。

"您吓了我一跳,船长!"嘟嘟镜吐了吐舌头,"它不会咬人吧!"

"那倒不会。"邓肯船长镇静下来,"保罗的胆子特别小,而且情绪时好时坏,容易激动。"

"它的触腕是怎么受伤的?"嘟嘟镜怜惜地看着小章鱼,"一定很疼吧!"

"那是它自己不小心弄断的。"邓肯船长俯下身轻松地观察着,"不过不用担心,章鱼有很好的自我修复功能,再过一段时间这条触腕就会长出来,跟其他的一模一样。"

"真是想不到,您会跟一条小章鱼做好朋友。"嘟嘟镜的语气中充满了敬佩,"这里面一定有什么秘密吧?"

"秘密?"邓肯船长沉默了,他走到舷窗前,"说起来这跟我的童年有关。我小时候是一个很不自信、很不合群的孩子,我的脾气有些暴躁,经不起挫折,你们可能想不到那时候的我特别爱哭。我渴望成为一个像爸爸妈妈那样的大人,能够做自己想做的事情。"

"您现在可是'海洋一号'的船长啊!这还不算成功吗?"楚夏摇着头,"那我真不知道什么叫做成功了。"

"后来我开始和动物交朋友,从它们身上学习到很多优秀品质。包括这条小章鱼,它是那么弱小,那么缺乏安全感。而我能够给它应有的保护,它则给我带来快乐。"

"和动物交朋友的人都心地善良。"大威由衷地说道。

小酋长咿呀好像听懂了他的话,他笑着露出洁白的牙齿,用手摸摸猎豹的下巴,而猎豹则眯着眼享受主人的抚爱。

"大威,你说得对!"邓肯船长忽然提高了语调,"无论是海洋里还是陆地上的动物,相比于人类来说都是弱小的,需要保护的。这是我们的职责!也正因为这些原因,我才立志成为海洋世界的保护者!"

为什么章鱼的血是蓝色的?

叛逃者

场景 5

大开眼界！

当麻团科考探险队的队员们站在"海洋一号"的博物馆里面时，恐怕只有用这四个字才能形容此时此刻的心情。

"'海洋一号'之所以有名，恐怕也要归功于这个博物馆。"邓肯船长按下电钮，打开了那道厚厚的钢板门，"在这里可以看到我搜集的很多宝贝，如果你们喜欢，尽可以拿去。"

"真的吗？那您可真是太慷慨了。"楚夏摩拳擦掌，跃跃欲试。

"人家邓肯船长在和咱们讲客气话，你倒当真了。"嘟嘟镜看了楚夏一眼，"这种见到东西就想要的做法太没有礼貌了。"

"我不过就是想想而已。你那么当真干吗？"楚夏嬉皮笑脸地辩解着。

"君子爱财，取之有道。"大威理直气壮地发表自己的看法，"我坦克大威要自己去海底探险，这样我就可以得到

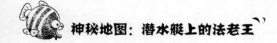

一枚海洋宝藏勋章了。"

红珊瑚环绕的大厅色彩斑斓,这些价值连城的红珊瑚形成的壮观景象,在陆地上的博物馆中根本无法见到,它们的高度比邓肯船长还高,走在里面就像是进入了珊瑚森林。各种形状的鱼骨和标本上下错落地悬挂在大厅上方,显然经过了精心布置,从地面向上看,那些栩栩如生的鱼仿佛在空气中游来游去。

在大厅正中央的高台上,最吸引眼球的是一只巨大的彩色贝壳。

"这个大贝壳是我在一次潜水中采到的。"邓肯船长走上前去,拍了一下大贝壳,"这是我目前看到过的最大的贝壳,我给它起名叫做'海洋之母'。"

"嚯!啧啧啧!这个大贝壳成精了!"大威伸开他的两手去丈量,"居然比我还大,看来我能钻进去了。"

小酋长咿呀和猎豹可从来没有看过这么新奇的玩意儿。猎豹看见大威在贝壳边上玩耍,刚开始看到新奇事物的警惕性也放松了。它绕着圈用鼻子闻了闻贝壳,一低头哧溜一下钻了进去。

"哈哈!这个贝壳养了个豹纹大珍珠!"楚夏开起了玩笑。

大概是贝壳里挺舒服,猎豹钻进去就不想出来了,它晃悠着那条斑点大尾巴优哉游哉地在贝壳里趴下了。

"咿呀咿呀!"小酋长咿呀着急了,他用力拽住猎豹的尾巴，使劲向外拉。里面的猎豹不情愿地向他龇牙，但是它的小主人还是不管不顾，硬生生地把它拉了出来。

"看来你的朋友太喜欢这个贝壳了。"邓肯船长看着麻哥，眼睛笑得眯成了一条缝儿，"要不我把这个贝壳送给他！"

咿呀连连摆手，他用手比了比贝壳，又比了比自己，意思是根本搞不定这个大家伙。

"这件东西你们一定感兴趣，海盗的宝箱！"邓肯船长指着墙边展架上锈迹斑斑的一个装饰古朴的箱子，"很久以前的人们就知道选用耐水的木材制作箱子。你们看，虽然在水里浸泡了几百年，但木箱并没有腐烂。"

"邓肯船长，您一定发现过不少海盗的宝藏吧？"麻哥饶有兴趣地看着宝箱和周围锈迹斑斑的古代兵器，"我最想知道的是木箱里的宝贝哪儿去了？"

"这可是个秘密。"邓肯船长神秘兮兮地看了看四周，"我的确发现过不少海盗的宝藏，甚至还在一艘沉船中找到了整船的金币。"

"啊！那您不成了世界上最大的富翁了！"大威兴奋地跳了起来，"您一定获得过那枚最最宝贵的海洋宝藏收藏者徽章。"

"嘿嘿。这是我的梦想！"看到大家极其认真的表情，邓肯船长像一个孩子一样，咯咯笑了起来，"作为一个疯狂的宝藏爱好者，这些年我真的发现过很多海盗的宝箱，只可惜大多

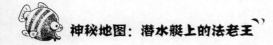

数的箱子都是空的。有的里面甚至还有一些人骨头。"

"那可太令人失望了。"楚夏摊开两手,"您的运气真的不算太好。"

"和这种所谓的运气比起来,大自然给予我的馈赠可以说是太丰盛了。"邓肯船长脸上并无遗憾,"请跟我来,我带你们看一些有趣的东西。"

在邓肯船长的带领下,一行人穿过大厅,来到了一个用无数小海马图案装饰的大门前。

"我把这里叫做珍珠厅。"邓肯船长打开灯,原本昏暗的屋子里立刻熠熠生辉,"在展柜里陈列着一颗颗绚丽的五色珍珠和用珍珠做成的首饰。"

"这些珍珠都是野生的吗?"嘟嘟镜不敢相信眼前的一切。

"大自然的馈赠!"邓肯船长深深吸了一口气,"在广阔的海洋中蕴藏着巨大的宝藏。在你没有进入海洋前,不会理解宝藏的真正含义;而当你拥有了这些宝藏,你只能感叹人生太短了。"

"富可敌国!我觉得用这个词形容您最合适。"楚夏目不暇接地看着种类繁多的耀眼的夜明珠。

"看这个!"麻哥指着展柜中的一条项链,"太与众不同了。"

这是一条由很多银色珍珠串成的样式简洁的项链,最引人注目的是那颗作为项坠的水晶一样的东西。一滴水珠,一滴放大了的如同鸽子蛋一样大的水珠。

"钻石？！"嘟嘟镜怀疑地看着，"又不太像。水晶？"

"是一颗罕见的夜明珠。"邓肯船长爱惜地久久注视着那颗像一滴放大的水珠一样的夜明珠，"没人知道它是怎么形成的，当我从'海洋之母'里采到这颗夜明珠的时候，所有的财宝都不值一提了。"

"你们觉得它像什么？"嘟嘟镜目不转睛地盯着夜明珠，"它有一种魔力。"

"一种忧伤的魔力。这就是那颗举世闻名的夜明珠——'海洋的眼泪'。"邓肯船长的话里饱含情感，仿佛真的被笼罩在夜明珠的魔力里面。

"啊？！"麻哥好像被电击到了一样，"'海洋的眼泪'？是那颗被世界寻宝协会列为世界十大珍宝之一的'海洋的眼泪'？"

邓肯船长点点头，得意地说："是的，是无数潜水者用生命追寻的十大珍宝之一，而我成为了那个幸运者。"

警报！警报！

就在这时，墙上的红色警报灯忽然刺眼地闪烁起来。

"船长！有情况！"大副哈雷阴沉着脸急匆匆地从门外走进来，紧跟着他的是两个荷枪实弹的卫兵。

"慢慢说！"邓肯船长淡定地看着大副。

"有人叛逃！"大副哈雷瞟了麻哥他们一眼，欲言又止。

"不碍事，说吧。"邓肯船长想都没想，"没什么好隐瞒的。"

"值班机房报告！有一个值班军官擅自携带武器离开了，卫兵已经在搜查。"

"哦！"邓肯船长的脸上没有任何表情，他喃喃自语，"他可能是想家了。"

"难道他们不能回家吗？"大威好奇地看着大副哈雷。

"当然可以。"大副哈雷回答得干脆利落，"五年一次。"

"啊！五年一次！这也太长了吧！"楚夏使劲摇着头。

"我肯定做不到。"大威吐着舌头，"五年我爸妈都变老了。"

"我们的船员在上船前都要签署协议。这是必要的条件。"大副哈雷扬起下巴，"这已经十分人道了，早期的船员出海一次可能就是一辈子。"

"你说的是海盗吧！"嘟嘟镜故意调皮地看着海盗长相的大副哈雷。

"报告！"一个船员气喘吁吁地跑过来，"我们抓住了叛逃者！"

"走！去指挥室。你们也一起去！"看着卫兵想要阻拦麻哥他们，邓肯船长挥挥手制止了卫兵。

指挥室中，灯火通明。

一个年轻的军官脸色煞白地靠墙坐着，大口喘着气。

"船长！船长！让我走吧！"他哀求着。

"你要想走我不拦着你。"邓肯船长平静地看着他,"可是你为什么擅离岗位,携枪叛逃呢?"

"我一时糊涂,我怕你不让我走!"年轻军官嘴哆嗦着,汗珠止不住地掉下来。

"船长,别跟他废话了。"大副哈雷看了那人一眼,"执行纪律吧!"

"船长!别把我喂章鱼,别把我喂章鱼!"年轻军官大喊着,声音嘶哑。

"起来吧!"邓肯船长叹了口气,"今天当着几个客人的面,我做个不一样的决定。"

整个指挥室安静下来,连猎豹那轻微的喘息声都听得一清二楚。

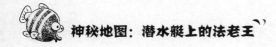

"大副!传我的命令!"邓肯船长一字一句地咬着牙说道,"让他交出武器,乘坐救生潜艇离开'海洋一号'。"

"什么?!"大副哈雷失望地看着邓肯船长,"难道您要打破'海洋一号'的铁律吗?"

"根据'海洋一号'船长守则,我有这个权力。船长在特殊情况下可以修改'海洋一号'船员条例。"

"好吧!"大副哈雷不情愿地命令着一旁同样摸不着头脑的卫兵。

"小子!你抽到大奖了。"那个卫兵用手搀扶起年轻军官。

"谢谢船长!谢谢船长!"那个年轻军官泣不成声,"我一定一辈子感谢您。"

得到特赦的年轻军官在几个船员的陪同下离开了指挥室。

"去送送他吧!"这次卫兵没有阻拦,大家一起来到驾驶舱。巨大的高清晰电子屏幕占据了整整一面墙。

"救生潜艇准备就绪!等待发射指令!"

大屏幕上,一艘微型救生潜艇已经进入轨道。

"潜艇人员到位!准备进舱!"

"看!是那个军官!"大威念叨着。

身着潜水服的年轻军官出现在潜艇旁。

"船长!敬礼!"年轻军官举起手来。

"敬礼!"邓肯船长举起手来缓缓还礼。

"救生潜艇舱门封闭!准备发射!"

"倒计时五、四、三、二、一！发射！"

海洋深处，"海洋一号"的舰身上舱门顿开，一艘救生潜艇像出水的鱼雷在海底划出一道鲜明的白色轨迹。亮着灯光的救生潜艇仿佛暗夜中的一颗流星消失在茫茫海底。

"谢谢您！船长！"嘟嘟镜由衷地看着邓肯船长。

"对了，船长！你们对叛逃者的惩罚好吓人啊！"大威心有余悸。

"喂章鱼！真的好可怕啊！"楚夏也不忘再次念出那吓人的三个字。

"不瞒你们说，朋友们！"邓肯船长松了一口气，"我不想那么做！"

"毕竟那么做太残忍了！"庲哥同情地看着邓肯船长，"我建议您去除这个条款！"

"可以考虑。"邓肯船长忽然哈哈大笑起来，"不过有时候我觉得用这个吓吓人也是蛮有意思的一件事情啊！"

啊？！庲哥、嘟嘟镜、楚夏、大威面面相觑。

这个谜一样的邓肯船长，也太不靠谱了吧！

谜题 5

夜明珠真的可以在夜里发光吗？

坐底成功

"别睡了,醒醒!"楚夏推了推旁边打着呼噜睡得正香的大威。

"好烦啊!"大威伸手抹去嘴边的口水,"干吗啊!人家正在做梦吃鸡腿呢!"

"你发现没有,邓肯船长是一个特别博学的人。"楚夏还在回忆着博物馆里发生的事情,"他对所有的科学似乎都有涉猎。"

"他天赋异禀呗!"大威翻了个身,"据说这样的人五百年才诞生一位。"

"你们聊什么呢!"嘟嘟镜抱着枕头睡眼惺忪地站在门口,"整个走廊都能听到你们的对话了。"

"邓肯船长!"楚夏张着嘴巴看着嘟嘟镜身后。

"哇!真是船长。"大威睁开眼,看见邓肯船长神采奕奕地出现在嘟嘟镜的身后。

"很抱歉打扰了你们的美梦。观察员说今夜星光灿烂,你们有没有兴趣和我一起去看星星呢?"邓肯船长彬彬有礼

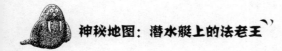

地看着大家。

"可是这不就是星空吗?"大威傻傻地指着天花板。

"这只是个视频而已。"邓肯船长看着宛如真实星空的天花板,"这是为了让生活在水下的船员们不至于晨昏颠倒。"

"那赶紧叫醒麻哥和咿呀吧!"嘟嘟镜揉了揉眼睛,"好久没有看到真的天空了。"

"他们已经上去了。"邓肯船长健步走在前面,"看你们睡得正香,他们想让你们多睡会儿。"

"你说也怪了。"大威边走边对楚夏说,"小酋长咿呀好像从来不困似的。毕竟是野人出身啊!"

"要不是他,你早就喂狮子了。"楚夏嘻嘻笑着和大威开起了玩笑。

"也是啊!说起来他还是我的救命恩人呢!"大威不好意思地红着脸说。

沿着迂回曲折的宽大舷梯,邓肯船长带着一行人来到了顶舱。轻轻地按下那个有些夸张的红色按钮,顶舱上的宽大舱门被开启了。

"原来我们已经浮上海面了呀!"嘟嘟镜来到了宽阔的观景平台上,眼前一亮。

"海洋一号"巨大的船体浮出了海面,拥有自动升降装置的观景平台,从舱室中上升到如同甲板一样光滑的船体表面,装饰着海洋元素的观景平台流光溢彩,完全用防腐蚀透明材质打造而成。站在上面,人与海水仿佛融为了一体。坚固美观的欧式桌椅，现代与古典完美结合的吧台上琳琅满目地摆放着世界各地的名酒。

"这是我的专用观景平台。"邓肯船长语气平和地介绍着，"只有最尊贵的客人才能来这里。"

"你们才来啊！"麻哥端着一杯饮料走过来，"看，这是我见过的最美的星空。"

湛蓝的天幕上，星星仿佛触手可及。靓丽的流星雨从遥远天际划过，像是天上点燃的烟火。

"太美了！"嘟嘟镜欢呼着，"我认为这是世界上最美好的一天！"

"是啊！如果沈凌也能够看到的话。"麻哥的眼睛中噙满泪水。

"沈凌？这个名字我好像在哪儿听说过。"邓肯船长回想着，"不行不行，想不起来了。哎呀！我的头又疼了！"

"邓肯船长，您怎么了？"大威看着表情很痛苦的船长，"是不是哪里不舒服？"

"没事儿，过一会儿就好了。"邓肯船长努力克制着自己，"我有个毛病，那就是不能回忆，只要一回忆什么事，脑袋就像要炸开一样，心跳加快，血压升高。"

"船长，给您！"身后的年轻船员早有准备，平静地递过来一块儿毛巾。

"人还是不要回忆过去的好！"邓肯船长终于恢复了正常，"我们还是吃夜宵看星星吧！"

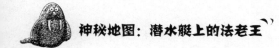

"哇！这些夜宵也太丰盛了吧！"楚夏看着厨师端上来的一盘盘叫不上名字的菜肴。

"这可都是我们的海底牧场出产的美味佳肴啊！"邓肯船长大声介绍着，"这是海洋豆腐。吃起来和真正的豆腐没什么区别，除了一点特别的大海味道。"

"真是呢！"嘟嘟镜品尝着，"跟豆腐一样好吃。海底也有黄豆吗？"

"这是用一种藻类提取物做的，跟黄豆的成分差不多。"邓肯船长揭开一个盖子，"尝尝这个红烧肉，这可是我们厨师的拿手菜哟！"

"你们在海底养猪？"大威大快朵颐，吃完一块儿，把手指头上的油都吮干净了，"我再来一块儿！"

"海猪！我们发现的一种新的海洋生物。数量惊人，味道鲜美，营养成分和猪肉差不多。"邓肯船长放下叉子，"但是为了保护这种生物，我们不打算公布发现它的消息。"

"那你们就打算一直吃下去？"嘟嘟镜有点儿不满，"它们会因为你们的猎杀而灭绝的。"

"恰恰相反！"邓肯船长竖起一根指头摇了摇，"我们只是捉了一些做饲养实验，结果很令人满意。不过这些家伙有着惊人的繁殖能力，跟兔子差不多。"

"那太可怕了。"楚夏咂咂舌，"当年澳洲的兔子就差点泛滥成灾。"

"所以多余的海猪我们会放回海洋。"邓肯船长放下刀叉，用餐巾擦了擦嘴,"至于对海洋食物链的影响还有待评估。"

"我想占地球70%的海洋绝对能够容纳足够多的海猪。"嘟嘟镜关心的问题解决了,她开始想象起来,"或许将来有一天人类的食物除了土豆以外,还会有吃不完的海猪。"

"看样子在这么宽松的环境中吃饭,真的可以天马行空啊!"麻哥感叹道。

"船长,您是怎么想到研究这艘海底巨舰的?"望着足有十个足球场大小的巨大金属船体,麻哥感到脚下这个金属怪物随时会咆哮而起。

"龟船!"邓肯船长侃侃而谈,"那是明朝万历时期朝鲜将军李舜臣发明的一种特种作战海船,就像是一个乌龟壳。"

"嗯。当时就是由龟船组成的小型舰队打败了日本舰队。"麻哥对历史很感兴趣,这一段他刚好读过。

"龟船唯一没做到的就是成为一艘潜艇,而我做到了。"邓肯船长一脸的骄傲。

"和潜艇相比,'海洋一号'就像是鲸鱼和海豚。"麻哥用了一个形象的比喻,"它太大了!"

"你们一定想知道,这个庞然大物在海底是怎么行驶的?"邓肯船长看出了麻哥的疑虑,"这样吧,我们去大洋底下看一看能不能找到岩石标本。"

"啊?!坐底?"嘟嘟镜连忙摇摇头,"那是'探险号'深海潜水器干的事情。"

"那么今天就让'海洋一号'来完成吧。"邓肯船长站

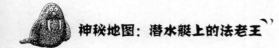

起身,"明天我们有一个预定任务,现在还有点时间,我们出发吧。"

驾驶舱内,值班的船员看见邓肯船长带着大家走进来,连忙起立敬礼。

"好久不开船了。"邓肯船长坐在操作台前,"看看老水手的本事吧。"

一只大手在操作台上娴熟地操作着,前方的指示屏幕上巨大的舰身开始下潜。"海洋一号"像一条巨大的抹香鲸向着深海静静地驶去。

"核技术的水下应用到目前可以说已经登峰造极了。"邓肯船长悠闲地坐在操控座椅上,"而且新的海洋能源技术让我们能够操控更大型的船只在海底行走。"

"可是这么大的船体怎么应付水下巨大的水压呢?"麻哥好奇地看着船长,"这可是令潜水员们最头疼的问题。"

"仿生学!"邓肯船长干脆地回答,"你没看见过抹香鲸因为水压而患上潜水病吧。它能够自由地在海面和海下几千米来回穿梭,它的身体构造给了我们很多启发。'海洋一号'的船体就是借鉴海洋生物的特殊身体结构设计出来的。"

"那就是说,'海洋一号'是集合了最新的仿生学成果喽?"嘟嘟镜兴趣十足。

"不仅仅是仿生学,还有建筑学、材料学、流体力学,它集合了上百门学科的最新科研成果,而且是由世界上最著名的潜水设备公司设计、制造的。"邓肯船长不无骄傲地操作着，"即使说它是世界上最先进的水下航行器也不为过。"

"水下航行器？这个概念还真是前卫啊！"楚夏频频点头，"简直太酷了！"

"能够容纳几千人的'海洋一号'可以在水下航行几个月也不用补充给养。"邓肯船长紧盯着屏幕，"我们打造的是最先进的海洋生存生态系统。"

"船长！'海洋一号'即将接近大洋底部，还有100米！"船员报告道。

"启动手动控制系统！"邓肯船长兴奋地命令道，"看我来露一手吧！"

像是操控一辆小汽车，"海洋一号"的巨大船体在邓肯船长的操控下平稳地停泊在大洋底部，厚厚的海底尘土飞扬起来，带着巨大的气泡将"海洋一号"团团包围。

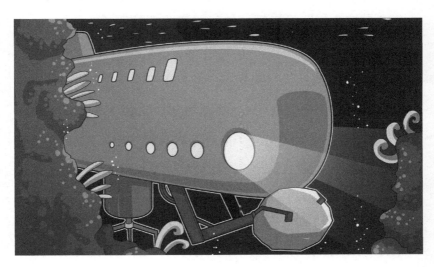

神秘地图：潜水艇上的法老王

"海洋一号"坐底成功！

"机械手遥控器！"邓肯船长接过一个书本大小的遥控器。

一只机械手从船体伸出来，在邓肯船长的操控下灵活地在大洋底部开始了挖掘。

"看看我们这次会挖到什么宝贝！"邓肯船长小心翼翼地操控着机械手，并把挖到的东西举到了镜头前。

"一块岩石！耶！"大威喊道，"这块石头可不可以送给我！"

"当然可以。"邓肯船长把岩石放进采集器，"不过我还要再挖几块儿做标本。"

"船长！"一直在旁边默默注视着邓肯船长操作的麻哥轻轻叫了一声，"我想请您帮忙！"

"当然可以。"邓肯船长头也没回，"乐意效劳！"

"是这个！"麻哥把一件东西递给邓肯船长。

"海底地图？！"邓肯船长满脸诧异地看着那张奇怪的地图，他的手松了一下，海底那只机械手里的岩石标本滑落下去，砸起了一片尘土和气泡。

龟船真的和乌龟一模一样吗？

场景 7 寻找龟冢

"这是沈凌留给我的。"麻哥打开手上的地图。

邓肯船长把地图在桌子上平铺开,他的目光在地图上扫视着,停在了某个点上。

"他到过龟冢?"邓肯船长的目光中掠过一丝痛楚,"这可是所有深海潜水员的噩梦。"

"噩梦?!"麻哥张大了嘴巴,"那里到底是什么样的呢?"

"我只是听说过这个海底洞穴,那里面埋藏着成千上万具海龟的尸骨,所以被称为龟冢。最可怕的是这个洞穴里暗流四伏,大部分潜水员进入之后都没能够再回来,而那些罕见的幸运儿也会在数年之后染上怪病,痛苦而死。"邓肯船长似乎不愿意再说下去,他停顿了好长时间,周围一片寂静,"我们船上最好的潜水员就是在那里失踪的。"

"沈凌既然在地图上标示出了龟冢的位置,说明他是个成功者。"嘟嘟镜指着地图,"我们是不是也能去龟冢看看呢?"

"不行不行!那太危险了。"邓肯船长直摇头,"别说是你们，就算是经验丰富的潜水员，提到龟冢也会心惊肉跳。"

"可是，万一我们成功了呢？"大威还是那副天不怕地不怕的劲头，"我坦克大威一向是福大命大造化大。我申请去探险！"

"就是，船长，您千万不要把龟冢说得跟传说一样。"楚夏受大威的情绪感染，也信心爆棚起来，"龟冢既然是乌龟的墓地，连那些快死的乌龟都能进去，我们这些活蹦乱跳的人还能被困在那里？"

"是啊！船长！"麻哥显然是经过深思熟虑，"既然我们叫麻团科考探险队，我们就不能在困难面前低头，而且我们已经做好了迎接挑战的准备。"

"你们真是初生牛犊不怕虎啊！"邓肯船长望着眼前的几个孩子，"既然你们这么想去，那我就舍命陪君子了。"

"您可别冲动。"大副哈雷这时候从门外走进来，"刚才的话我都听到了。船长，您真的愿意带他们去闯鬼门关吗？"

"哈雷！要说鬼门关，这两年我们也没少闯过。"邓肯船长心情不错地看着大副哈雷，"既然是科考探险，没有艰险怎么能有乐趣呢？"

"那也得把安全放在第一位。"大副哈雷气哼哼地表明自己的态度，"我建议让潜水机器人先去看看，等没有危险了，你们再去不迟。"

"你这是看不起我们！"大威嚷嚷着，"还没有进去，就说一定回不来，这不是长他人志气灭自己威风吗？"

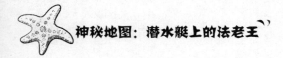
神秘地图：潜水艇上的法老王

"你们几个孩子懂什么！"大副哈雷斩钉截铁地训斥道，"我要为整个'海洋一号'负责。"

"好了，别吵了。要不我们不去了。"嘟嘟镜把地图一把拿起来递给麻哥，"有什么了不起的，在船上吃大餐好了。"

"这还差不多。"大副哈雷见自己的意见被采纳，心满意足地离开了。

"船长，刚才您怎么不说话了？"麻哥看着正在来回踱步的邓肯船长。

"我在想一条妙计。"邓肯船长若有所思地回答，"你过来，我跟你商量商量。"

麻哥立刻走上前去，邓肯船长俯身在麻哥的耳边用其他人听不见的声音嘟哝着，麻哥的脸上露出了笑意。

"你们俩嘀咕什么呢！"大威最不喜欢别人当面嘀嘀咕咕说悄悄话，"到底有没有主意，我都快要急死了。"

"是啊！要是不去的话，我就要向大厨请教做大餐了。"楚夏懒洋洋地坐在椅子上。

"咿呀咿呀！"小酋长竖着耳朵，他用手抚摸着猎豹的脖子，邓肯船长和麻哥的样子让他觉得很新奇。

"解散！暂时不去了。"麻哥冷冷地站起身，第一个走出了房间。

"太没劲了！"大威嘟嘟囔囔地站起身来，把椅子"啪"的一声摔在地上。

"那我去研究研究海洋标本吧！"嘟嘟镜总是在不停地

学习,似乎只有这个爱好能够让她平静下来。

"没劲没劲!去做好吃的了。"楚夏摸了一把猎豹的头,蹦蹦跳跳地走了。

只有咿呀和猎豹慢慢悠悠地走在后面,对于第一次接触水下巨舰的小酋长来说,这里面有意思的东西太多了,他才不关心麻哥他们聊什么呢!

静谧的星空,闪烁的繁星。舱顶天花板上的视频显示黑夜降临了。

整个巨舰像一头沉睡的海底怪兽。

一个黑影敏捷地躲过巡逻的卫兵,蹑手蹑脚地来到了麻

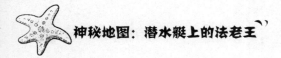
神秘地图：潜水艇上的法老王

哥的卧室外面。

三声熟悉的敲门声后，麻哥机警地探出头来。

"嘘！"打扮得像一个古代黑衣剑客的邓肯船长挤了挤眼睛，"快！'海洋一号'的位置离龟冢不远，出发！"

"我去叫他们！"麻哥早已经整装待发，他轻轻地走到大威和楚夏的卧室门口。

门缝里的几双眼睛早就等待这一刻了，还没等麻哥敲门，门就轻轻地被打开了。

"我们都等不及了！"大威、楚夏、嘟嘟镜、小酋长咿呀整装待发，潜水服、泳镜、气瓶、手套、脚蹼样样齐备。

只有猎豹还是不习惯它的那套潜水行头，它不停地用爪子扒拉着自己的潜水服。

"跟着我！别出声！"邓肯船长猫下腰，像一个潜行者一样在前面出发了。

熟练地躲过一个个巡逻的船员，迅速闪过暗中隐藏的观察哨，利用旋转摄像头的扫描死角，一行人终于安全到达了一个隐蔽的出舱口。

"到了！"邓肯船长长出了一口气，这时候大家才看到，在他的背上有个方形的透明水袋，小章鱼正瞪大眼睛好奇地看着大家。

"怎么把它也带来了？"楚夏纳闷地看着邓肯船长。

"它可是在海里长大的！"邓肯船长笑嘻嘻地看着楚夏，"除了它我们可都是外来者。"

"呵呵！刚才我真在怀疑您是不是这条船的船长。"大威伸了个懒腰，"像一个古代的刺客一样偷偷摸摸。"

"不如叫忍者。"嘟嘟镜检查了一下潜水手套，"邓肯船长刚才可是向我们证明了他对这条船上的岗哨位置有多熟悉。"

"嘿嘿！毕竟船上的岗哨布置图是经我批准的。"邓肯船长做了个鬼脸，"主要是船长去潜水是个很麻烦的事情，他们总是要跟上一大帮人陪着我，烦死了。"

"这个出舱口没人监视吗？"麻哥抬头看了看，上面分明有一个摄像头。

"只有我和大副哈雷知道这个地方。"邓肯船长点点头，"摄像头早让我做了手脚，有的时候船长也是要有一点小秘密的。"

邓肯船长转动舱门，小心地拉起减压门栓。

"穿好潜水服，我们先进入蓄水舱，打开那个舱门我们就进入大海了。"邓肯船长戴好潜水镜，沿着舷梯走了下去。

蓄水舱里的水压已经调整为和舱外相等了，清澈的海水让大家感觉像是在泳池里。游在前面的邓肯船长潜下去打开了蓄水舱门，一行人先后钻了出去。

深海，寂静漆黑的世界。

拧亮头灯，麻哥看见了前面游动的邓肯船长和紧紧抱住他头顶的小章鱼。

"通话器测试！通话器测试！我是邓肯船长，听到请回

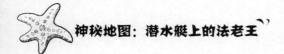
神秘地图：潜水艇上的法老王

答！"话筒中清晰地传出了邓肯船长的呼叫声。

"我是麻哥！我是麻哥！通话正常！"麻哥回答道。

"我是大威！通话正常！"

"我是楚夏！通话正常！"

"我是欧阳婧！通话正常！"

"咿呀咿呀！正常正常！"小酋长咿呀半生不熟的回答让耳机中传来一片笑声。

"嗷！"猎豹不满地叫了一声。

"注意调整呼吸，保持呼吸均匀，不要浪费空气。"邓肯船长嘱咐道，"我们的目标——龟冢。"

"明白。我们跟着您。"麻哥在水中挥了挥手，指向邓肯船长。

几束灯光如同串联在一起的星辰向着龟冢的方向慢慢飘过去。

成千上万条海底鱼类组成的鱼群发现了这些海底灯光，它们兴奋地追逐着，把潜水者们包围了起来。

"我们在鱼群里了。"嘟嘟镜伸出手隔着手套触摸着一条燕鱼。

"接着游，不要管它们。"麻哥头也不回，在灯光的照耀下，燕鱼们纷纷躲避，他的头镜周围自动地闪开了一条水路。

"哈哈，我随便抓就能成为捕鱼达人啦！"楚夏伸出双手和燕鱼玩起了躲猫猫的游戏。

"别这么无聊了。省点力气进龟冢吧！"大威用力地游着。

小酋长咿呀和猎豹就没那么幸运了,本来就没有潜水的准备,再被燕鱼群围住,脾气暴躁的猎豹立刻就抓狂了。它的四个爪子在海水中徒劳地胡乱抓着,却伤不着燕鱼半点儿。

小酋长咿呀在水里对自己的伙伴爱莫能助。

"快想个办法!"嘟嘟镜着急地喊道,"要不猎豹得疯了。"

"还是让我来吧。"邓肯船长的声音在水下听着有点怪,显得异常的冷静。

接下来,邓肯船长做出了一个奇怪的姿势,他立在了鱼群之中,双手上举,大家的耳机中传来了一阵阵谁也听不懂的呓语。

"唰!唰唰!唰唰唰!"燕鱼群在瞬间静止后四散奔逃,游动的速度如同出膛的子弹。

"好了!"邓肯船长重新游动起来,"我们应该快到龟冢了。"

"这也太不可思议了!"大威回过神来,发出了一句感叹。

"我们找到龟冢了。"面对着巨大的海底礁石群,邓肯船长指着一个洞口。

抬头看去,四周都是黑森森的悬崖绝壁,只有绝壁上的这个洞口闪着诱惑的光亮,仿佛里面隐藏着会发光的海底巨兽。

"我们要穿越它!"邓肯船长坚定地看着大家,"我们能做到!"

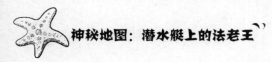 神秘地图：潜水艇上的法老王

"不会出不来吧？"嘟嘟镜弱弱地问道。

邓肯船长没有回答，他义无反顾地向洞口游去。

"走吧！不管了！"麻哥勇敢地跟了上去。

小酋长咿呀和猎豹怀着打猎的狂热也游进了洞口。

"别害怕！我们一起去！"大威拉了拉嘟嘟镜。

"对！有我们呢！"楚夏笑着率先游了进去。

"我们一定能穿越龟冢！"嘟嘟镜咬着牙鼓舞着自己。

张着大嘴的龟冢洞口像一个黑洞将探险者们吸纳进去。

海底居然也会有火山爆发？

沉船的诱惑

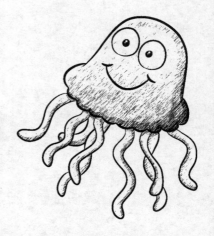

"船长不见了!"一个船员气喘吁吁地向大副哈雷报告。

"这个邓肯,又玩小孩子的把戏。"大副哈雷嘴角挂着一丝嘲笑,"不用找了,我知道船长藏在哪里了。"

丝毫不理会一边挠着脑袋发愣的船员,大副哈雷转过身去,远远丢下一句话:"他又躲在博物馆里研究那本羊皮卷了。"

龟冢之中,危机涌动。

"暗流!"耳机中传来邓肯船长急促的话语,"别过来!"

"抓住我!"麻哥向嘟嘟镜伸出手。

"小心!"嘟嘟镜抓住麻哥,把另一只手递给小酋长。

大威和楚夏手拉手跟在麻哥他们后面,大威的另一只手抓住了猎豹潜水衣上的绳子。

一股汹涌的暗流涌动着横亘在大家的前面,不小心掉进去的邓肯船长和小章鱼已经被冲出去很远。

"别过来!"邓肯船长喊着,"这里危险!"

"不!"麻哥在话筒中坚决地喊着,"我们必须在一起。"

"我们来了!"大威和楚夏带着猎豹游进了暗流,一下子被冲了出去。

"走!"麻哥拉着嘟嘟镜和小酋长也勇敢地游了进去。

呼!巨大的暗流裹挟着探险者们向黑暗深处奔去。

不知道过了多久,水流减慢了。冥冥之中,原本以为会被带到海底深渊的麻团科考探险队队员们被暗流卷进了一个黑漆漆、静悄悄的水下空间。

"呼叫船长!呼叫船长!"麻哥在耳机中大声呼唤着。

一阵刺耳的噪声从耳机中传来,紧接着熟悉的声音再次响起:"我的通话器出了点故障,朋友们!不过我和小章鱼都还没死。"

"哈哈!船长还活着。"大威乐开了花,"我们也没事儿。"

"向着灯光的方向游。"邓肯船长在耳机里指挥着,"我们要开始寻宝啦!"

远远望去,麻哥已经能够看到漆黑海底洞穴中的那点亮光了。

那亮光开始很小,后来居然越来越大,像是一盏圆圆的

神秘地图：潜水艇上的法老王

雾灯，给麻团科考探险队指示着方向。

"啊！"楚夏指着邓肯船长亮光闪闪的头，小章鱼像一盏路灯一样光芒四射。

"没有什么大惊小怪的！"邓肯船长拍了拍头上的小章鱼，"章鱼可是海里的变色龙。今天不过是做了条发光的'变色龙'。"

"有了这个探照灯，我们感觉安全多了。"楚夏羡慕地望着邓肯船长。

"不是说这里是龟冢吗？"嘟嘟镜疑惑地观察着，"怎么一具乌龟壳也没有看到？"

"我们上去看看，"麻哥指了指上方，"或许能浮出海面。"

"队长，这可是一个海底洞穴啊！"楚夏提醒麻哥，"我们会碰到洞顶的。"

"我同意上去看看，"邓肯船长用力滑动脚蹼向上浮去，"说不定就会有惊喜。"

咕嘟嘟，咕嘟嘟。

沿着似乎永远看不到尽头的岩壁，麻哥和小伙伴们浮出了水面。

眼前的一切只有在梦境里才能出现。

数量众多的龟壳和乌龟尸骨堆成了一座层层叠叠的巨大龟冢。

龟冢的上面是阴森的怪石嶙峋的岩石穹顶，率先上岸的邓肯船长把小章鱼放在了那个方形水袋中，弯下腰仔细研究一个巨大的乌龟壳。

"妈呀！这不是传说中的乌龟龙嘛！"嘟嘟镜生怕大家不明白，"就是卢沟桥驮着石碑的那个。"

"你说的是赑屃，又叫霸下。"麻哥摘下潜水镜，"奇怪了，在这么深的海底居然有这么大的洞穴。"

"奇怪！这里居然有空气。"大威抬头上下左右张望着，"这是怎么回事？"

"有几种可能。一种是这个洞穴构造复杂，形成了洞中有洞的格局，而这个洞中之洞海水是进不来的，因此这里储

神秘地图：潜水艇上的法老王

存了大量的空气。"邓肯船长侃侃而谈，"另一种可能就是这个洞的一部分露出了海面，只要它能够避免海水直泼进来，就能够保证空气的畅通。"

"我更倾向于第一种解释，洞中之洞。"楚夏走过去，坐在一个大龟壳上面，"我们在海面上航行并没有看到陆地和小岛，顶多也就是一些礁石。"

"这就对了，或许某块礁石下面就隐藏着这个巨大的龟冢洞穴。"嘟嘟镜为自己奇特的想法感到十分得意。

小酋长咿呀和猎豹从来不加入他们几个的争论，这时候两位好奇者正像猎人一样在龟冢里找来找去。

"咿呀咿呀！"小酋长冲着麻哥招呼着。

"有人来过这里！"麻哥接过小酋长手上的一个方形的盒子，一看这就是现代人制作的东西。他翻过盒子，看到上面的两个字母，心里不禁一震。

"快来，快来！"大威的声音急迫而激烈。

闻声而到的人看到在巨大的龟冢中间，有一片小小的空地，那上面横七竖八地躺着好几具人骨。

"这些就是那些没有回来的潜水员吧！"楚夏心里涌起一阵怜悯。

"可他们为什么选择留下，而没有原路返回呢？"大威不解地问道。

"我们不能在这里停留了。"邓肯船长警惕地看了看四周，"他们可都是经验丰富的潜水员。这里一定有什么怪异的东西！"

"那我们赶紧走吧！"嘟嘟镜紧张地看着大家，"别真的出不去。"

重新潜入水中，一行人沿着来时的路线行进。

"这边，还是那边？"大威有些犹豫，洞穴两边的两条路一模一样。

"这边！"邓肯船长果断地选择了左边，"跟我来！"

然而令人头疼的是转了半天，大家居然又回到了龟冢。

"再试试！"麻哥和大威从另一边游了出去。

令人绝望的事情发生了，两个人又回到原地和大家会合了。

"糟了！"邓肯船长暗暗叫苦，"我们可能出不去了。这是一个迷宫！"

大家终于明白了，为什么那些人又回到了龟冢中，因为他们被这迷宫永远困住了。

"没关系，反正我们出不去就多玩会儿！"大威倒是什么时候都是个乐天派。

"是永远出不去！"楚夏懊恼地想起了"海洋一号"的大餐，"早知道这样，我就应该把每一道菜都尝尝。"

"别那么泄气。"嘟嘟镜在龟壳上用手敲着，"一定还有办法。"

"我有一个主意。"麻哥看了看邓肯船长背上的小章鱼，"让小章鱼试试。"

神秘地图：潜水艇上的法老王

"就它？！"楚夏摇着脑袋叹着气，"它别把自己弄丢就不错了。"

"没有别的办法，"邓肯船长把小章鱼从方形水袋中放出来，"让它试试吧！"

一到了水里，原来畏手畏脚看上去有些胆怯的小章鱼立刻如入无人之境，围着大家来回游动着。

邓肯船长把头埋在水里，小章鱼习惯性地把触角放在邓肯船长的头上触摸着。然后倏地一下游走了。

"跟上！"在邓肯船长的招呼下，大家跟着小章鱼向外面游去，奇怪的事情再次发生了，这次小章鱼竟然轻而易举地把大家带到了龟冢的入口处。

"真是难者不会，会者不难啊！"对于小章鱼高超的海底辨别能力大家赞不绝口。

"沈凌来过龟冢。"回到"海洋一号"，麻哥把盒子放在邓肯船长面前，"而且成功地回来了。"

邓肯船长打开盒子，翻出那张防水的示意图，他的眼前不由一亮，"根据这个盒子里的提示，在龟冢附近有一条沉船。地点很明确。"

"哇！"大威开心地看着楚夏，"我们终于可以找到海盗的宝藏了。"

"只是说沉船而已。"楚夏故作镇定地表态，"不过确实值得一去啊!"

"我们可刚刚才经历过惊险。"嘟嘟镜还想着刚才发生在龟冢中的一幕,"差点儿就出不来了。"

"既然是沈凌的提示,说明沉船上一定有意想不到的东西。"麻哥看着示意图,"这里怎么会有一双巨大的眼睛啊!"

"可能是要我们仔细观察吧!"邓肯船长从容地叼着没有点燃的电子烟斗,"这次我们可以先派一支先遣队。"

"做先锋可是我的老本行啊!"一阵笑声过后,大副哈雷闪进门来,"就知道你肯定是去海底了。"

"你果然是钻进铁扇公主肚子里的孙悟空。"邓肯船长笑着招呼大副哈雷,"你还是照顾'海洋一号'吧!"

"不!这次我一定要去!"大副哈雷脸色有点儿不好看,"我好久没有潜水了,何况是去一艘充满挑战和冒险的沉船。"

"不过你好像一直不喜欢我们冒险啊!"楚夏最喜欢和大副哈雷作对,因为他讨厌大副哈雷那阴阳怪气的样子。

"那不是担心你们的安危嘛!"大副哈雷转变了态度,"毕竟你们还是一群十几岁的小孩子。要是真出了事,我们这些大人可担不起责任。"

"我们可是麻团科考探险队!"大威不服气地看着大副哈雷,"要说危险和考验我们也是经历过的。"

"那就更得小心和留神了。"大副哈雷没有生气,他认真地看着大家,"你们的安全教育课本上是怎么写的?远离

神秘地图：潜水艇上的法老王

危险的孩子最安全，对不对？"

"大副说得对！"麻哥的话结束了大家的争吵，"我们麻团科考探险队可不是冒失鬼和倒霉蛋儿。我们的每次行动都要做到万无一失！"

"看来你们是同意我先去探查沉船啦！噢耶！"大副哈雷左右手握紧拳头做了个胜利的姿势，"等着听我的好消息吧！"

"什么样的诱惑让大副这么踊跃呢？"望着大副哈雷的背影，嘟嘟镜扶着下巴沉思着。

谜题 8

暗流真的会把人吸进去吗？

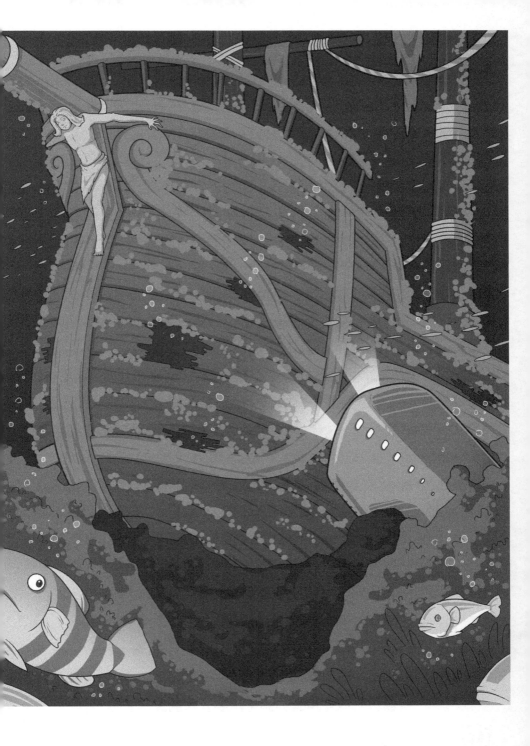

失踪的潜水员

"我和大副做先锋。"麻哥的话让所有的人都吃了一惊。

"还有我!"大威举起手来,"冲锋陷阵的事儿少不了我坦克大威。"

"我可没说带你们去。"大副哈雷骄傲地扬起下巴,"一个大人带着两个累赘,还不够麻烦的呢!"

"你说谁是累赘?"大威眼睛圆睁,"我们可是从龟冢回来的。你连去都没去过!"

"别争了。"邓肯船长看着大家,"我们这样吧!大副、麻哥、大威做尖兵探路,我和其他人紧跟你们。吸取龟冢探险的经验,这次我们把安全绳拴在腰上,这样就不会走失了。"

"还是船长想得周到。"大威一挑大拇指,"我没意见!"

"同意!"麻哥看了看脸色难看的大副哈雷,"大副我们一起去吧!"

"拗不过你。"大副哈雷看着船长叹了口气,"不过事先说好,尖兵听我指挥。"

"可以!"麻哥用眼神制止想要发作的大威。

失踪的潜水员 ◆ 场景 9

再次进入海底,麻团科考探险队的队员们充满了信心。在邓肯船长的坚持下,每个人在腰上都系上了安全绳。

由于这次的沉船探险是公开行动,所以船上的各个系统都奉命进行配合。

"报告船长!前方500米处有鲨鱼群出没。"耳机中传来船员的报告声。

"知道了。"邓肯船长的声音自信而沉着,"大副,准备好你的鲨鱼驱逐器。"

"收到。"大副哈雷从腰间拔出一个手机大小的机器,用腕带牢牢地套在了手上。

大副、麻哥、大威排成一个三角形向着沉船的方向游去。

"发现鲨鱼群。"大副哈雷手上的机器开始闪烁,"预计有十二条左右。"

明亮的头灯穿透海水,远处的鲨鱼群兴致勃勃地向着灯光闪烁处游来。

"大副,我们得驱散它们!"大威提醒着大副哈雷。

"怎么?害怕了?"耳机中传来大副哈雷轻蔑的笑声,"我要和鲨鱼共舞。小朋友,有没有这个胆量?"

"当然有!"大威不甘示弱,"怕什么,鲨鱼不敢吃你,更不敢吃我!"

只有麻哥最清楚,腰间的绳索已经把三个人的命运连在了一起。

"反正我们三个是一根绳子上的蚂蚱。"大副哈雷嘿嘿

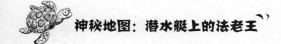

神秘地图：潜水艇上的法老王

坏笑着，"谁也别想跑。"

哗啦！哗啦！水流急剧地搅动起来。远远的十几条鲨鱼张着血盆大口快速游了过来。

"镇定。"麻哥在心里对自己说着。

鲨鱼好奇地加入了三个人的队伍，一条领头的鲨鱼侧过身来和大威并排游着，它露出的牙齿上还有殷红的血迹。而那只圆溜溜的眼睛没有表情地盯着大威。

"我终于知道什么叫做死鱼眼了。"大威嘀咕着，眼睛直直地看着前方。他生怕自己哪怕一丝一毫的举动惹怒了鲨鱼。

麻哥的身边也有一条鲨鱼。这条鲨鱼更大胆，它居然横过身来，面对面看着麻哥。

"它好像在笑。"麻哥淡定地说，"我可以摸它吗？"

"别冲动。"被两条鲨鱼夹在中间，大副哈雷刚才的万

丈豪气消失了。他机械地划动着手臂，后悔刚才为什么没有启动鲨鱼驱逐器。

麻哥没有听大副哈雷的。他果断地伸出手去，摸了摸鲨鱼的面颊。那条鲨鱼愣了一下，随即游过来用身体紧贴着麻哥蹭了蹭。

"不知道它们会不会把我们吃了。"大威的声音有点儿发颤，"但愿它们刚吃过饭。"

"看样子不会。"和麻哥玩熟的那条鲨鱼开始欢快地在他身边游来游去。

只有大副哈雷身体两侧的鲨鱼像是两个忠于职守的卫兵，不远不近地和他一起游动着。

"它们要干什么？！"大副哈雷喘息着，他已经冷汗直冒。

话还没说完，两条鲨鱼突然向大副哈雷靠近。它们张开大嘴，恶狠狠地瞪圆眼睛，像是要把大副哈雷撕成碎片。

"完了，完了。"大副哈雷在耳机中哀叹着，他闭上眼睛听天由命，"我怎么这么倒霉啊！"

哗啦！如同出膛的炮弹，所有的鲨鱼几乎同时加速，它们在海底掀起一阵有力的浪花，飞速奔向前方。

"看！鱼群！"麻哥抬手指着头顶上方。

密密匝匝的鱼群铺天盖地，仿佛田野里等待收割的麦穗层层叠叠，一望无际。

进入鱼群的鲨鱼们,横冲直撞,张开的大嘴来不及吞咽就被涌入嘴里的鱼填满。在灯光的照耀下,血水在海水中弥散,一幅壮观而残酷的海底自然界杀戮画面让麻哥他们默然无语。

"走吧!"大副哈雷似乎从刚才的绝望中恢复了过来,他迫不及待地喊着,"我们去找沉船!"

小心地穿过色彩暗淡的海底礁石群,影影绰绰中一个巨大的黑影出现在前方。

"我们已经到达沉船外围,等待指示!"大副哈雷汇报着。

"哈哈!刚才虚惊一场啊!"耳机中传来邓肯船长爽朗的笑声,"把你吓坏了吧!"

"你让两条大鲨鱼夹住试试。"大副哈雷没好气儿地回答,"还好我的胆没有被吓破。"

"那就好。你们原地待命吧!我们马上就到。"邓肯船长显得悠然自得。

"就在这里等着?"大威划动着脚蹼,"不如我们先去看看。"

大副哈雷没说话,只把手举起来做了个OK的动作。

麻哥心知肚明。在大副哈雷的带领下,三个人向着沉船游了过去。

这是一艘锈迹斑斑的沉船,船舷上布满了海里的绿色浮游生物。巨大的船体倾斜着,船身的一侧有一个大大的窟窿，一条海底鳗鱼探头探脑地游了出来，发现有人立刻飞一样地逃走了。

大副哈雷用手敲了敲船体，他一侧身游进了船体的窟窿之中。

大威用手检查了一下头灯，也跟着进入了船体。

麻哥最后一个进去，狭窄的沉船通道中，只有三点灯光向着黑暗中延伸。

"将通话频率调整为三人小组通话。"大副哈雷轻轻旋转着耳边通话器的按钮，"通话测试。"

"收到！""收到！"麻哥和大威先后回答。

"把腰间的绳子放长，这东西太碍事了。"大副哈雷用手解开腰间束在一起的绳套，用力甩着绳子。

"这里面真的有宝藏吗？"大威在船体中静静地悬浮着，"到处都是黑漆漆的。"

"害怕了？小朋友？"大副哈雷在黑暗中发出瘆人的嘿嘿笑声，"我先去找找。"

双手用力一划，大副哈雷转过船体中一处走廊的拐弯儿，拴在腰间的绳子渐渐拉直了。

"这里有个门，快来！"大副哈雷在耳机中招呼着，"帮我打开。"

三个人游了过去，一扇生锈的厚重铁门出现在三个人面前，从门里面传来一种异样的声音。

"像是有人在唱歌。"黑暗中大副哈雷把耳朵贴在门上，"还挺好听。"

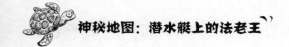

"我怎么什么都没有听到？！"大威仔细听着，"你不会出现幻觉了吧？"

"我也没听到。"麻哥盯着大副哈雷，"你又在跟我们开玩笑。"

"只有真正的水手才能听到海妖的歌声。"大副哈雷嘻嘻笑着，"你们不行。来，使点劲！"

铁门的旋转装置竟然非常好用，三个人居然把它打开了。

黑暗，无边的黑暗，铁门的深处仿佛通向另外一个世界。

"把腰上的绳子解下来。"大副哈雷平静地吩咐道，"你俩抓紧绳子，如果我遇到什么危险，我就会使劲拽绳子，你们把我拉回来！"

"好！放心吧。"麻哥解下身上的绳子递给大副哈雷。

"你可要当心。"大威还是很佩服勇于探险的大副。

"放心吧。"大副哈雷一副满不在乎的样子，"探索沉船又不是第一次。"

把绳子拴在腰间，打开鲨鱼驱逐器，大副哈雷带着一条长长的绳子走进铁门，消失在黑暗的海水中。

时间静静地一秒一秒过去了，而这每一秒对于漆黑船体中的麻哥和大威来说都是如此漫长和难熬。

"大副！你怎么样？发现什么了吗？"麻哥终于等不及了，他呼叫着大副哈雷。

没有回答。

"大副，大副！你在哪里，你在哪里？"大威也焦急地呼叫着。

没有回答。

"绳子，绳子动了。"大威用力拽住了绳子，"使劲儿！"

两个人开始用力拽住绳子使劲拉，而绳子的那头仿佛也有人像拔河一样拽住了绳子。

"你抓住绳子！"麻哥当机立断，"大威，我去里面看看。"

"小心！"大威把绳子的一头缠在铁门的旋转把手上，"我呼叫船长增援！"

抓着水中的绳子，麻哥潜入铁门后的黑暗中，除了偶尔逃离眼前的小鱼外，只有浑浊的海水。

忽然，绳子微微动了动，麻哥心里一喜，他使劲拽住绳子。

居然能拉动！

绳子不断堆积着，麻哥的心情也焦急起来。

"咯嘟！咯嘟！咯嘟！"

一阵奇怪的声音从船体深处传来，紧接着一股巨大的暗流不知从何处一下子冲了过来。

麻哥拉住绳子使劲贴着船体，汹涌的水流不断冲过来，像是一只巨手要把麻哥撕下来。

"大威！请求救援！请求救援！"麻哥抓住绳子不放。

"船长！船长！请求救援！请求救援！"大威把话筒调整好喊道。

在五个专业潜水员的保护下，邓肯船长、嘟嘟镜、楚夏、小酋长和猎豹，向着沉船游了过来。

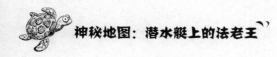

神秘地图：潜水艇上的法老王

"报告船长！我们救出了麻哥！"两个潜水员一左一右扶着麻哥游了过来。

"邓肯船长！大副失踪了！"麻哥把手里紧握不放的绳索举了起来。

在绳索的一端，仿佛是用最专业的军刀切割一般，绳索齐齐地被切断了。

"我们一定要找到他！"邓肯船长面色严峻。

鲨鱼是不是特别喜欢攻击人类？

海底城市

大副生死未卜！潜水救援队奉命出发。

五个专业潜水员携带着小型水下机器人，相互保持不到一米的距离游进沉船。

"注意暗流！必要时先用机器人开路！"邓肯船长指挥若定。

"明白！"潜水队员们全都经过饱和潜水的极限训练。同300米以下的深海作业比起来，这艘沉船只有近百米的深度，他们能够应对自如。

"报告！我们已进入船体，暂时没发现暗流。"潜水队员报告着。

"保持通话！"邓肯船长和麻团科考探险队待在沉船的大窟窿外面，密切观察着沉船内的动向。

"机器人启动！"耳机中传来潜水队员的汇报，"请注意接收实时图像。"

邓肯船长把随身携带的吸附式超薄监视器固定在船体外面，所有人都围了上来。

一阵雪花过后,机器人携带的摄像头拍摄的探索画面传了过来。

"除了灯光还是灯光。除了海水还是海水。"大威无奈地在水里游着。

"暗流!"楚夏大喊一声。

画面开始抖动,似乎有什么东西强烈地冲击着潜水机器人。

"不是暗流,是巨型章鱼!"嘟嘟镜咬紧了嘴巴。

画面上出现了一条巨大的章鱼触腕,圆圆的吸盘清晰可见。

一阵剧烈的抖动,机器人似乎被巨型章鱼当做了玩具。

"鱼叉枪准备!放!"耳机中听到了潜水员的声音。

巨型章鱼的触腕像触电一般"啪"地甩开了,紧接着被射中的巨型章鱼出现在摇晃的镜头中。它惊恐地向后退去,嘴里喷出一股浓重的黑雾将海水搅成了墨汁。

"目标清除,安全了。"镇定的潜水员继续报告。

"走!我们进去。"邓肯船长收起便携屏幕。

大威跃跃欲试,接着说:"我都等不及了。走!"

麻哥用脚蹬了一下,紧跟着大威进入了沉船。

麻团科考探险队的队员们鱼贯而入,有专业潜水员做开路先锋,大家的心里立刻踏实了。

"我们已到指定位置。没有发现生命迹象。"潜水员报告道,"请求继续深入底舱。"

"船长!"麻哥想要阻止潜水员们的冒险,"底舱空间狭窄,如果出现意外,他们就出不来了。"

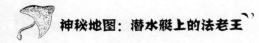神秘地图：潜水艇上的法老王

邓肯船长在水里做了个OK的手势，表示同意。

"先派潜水机器人进去探查，确保万无一失后人员再进入。"邓肯船长缓缓地游动着，同时发布了命令。

幽暗的海水中，潜水机器人拖着长长的绳索出发了，它头部圆圆的照明灯和不断闪烁的摄像头在海水中留下了变幻的光影。

"进入底舱，开始遥控侦测。"潜水员在沉船中熟练地操作指挥着机器人。

"发现不明物体。"潜水员报告道，"看清楚了，是一个箱子，很大。"

"宝藏！一定是宝藏！"大威高兴的笑声在耳机中回荡。

"宝藏就在前方！就在那里！"楚夏也加入了大威的庆祝。

"轮到我们了。"邓肯船长呵呵笑着，"麻团科考探险队准备和我进入底舱！"

"真是踏破铁鞋无觅处，得来全不费工夫啊！"楚夏嘿嘿笑着，"这可是海底大餐啊！"

"冲冲冲！"大威第一个启动，他在潜水员的指引下向底舱游去。

"注意安全！"五个潜水员在不同的位置引导邓肯船长和小伙伴们进入底舱。

底舱的地板上，倾斜地放着一个巨大的生满铁锈的箱子。

"不会是谁的棺材吧？"楚夏开着玩笑。

"我觉得它在保持着脆弱的平衡。"麻哥围着铁箱游了

一圈。

"哈哈！这可是我第一次见到海底宝藏！"大威慢慢把脸贴上去，"这里面到底藏了什么？"

"也许什么都没有。"嘟嘟镜看着铁箱上的一把大铁锁。

"给我激光切割器！"邓肯船长冲一个潜水员做了个手势，潜水员递过来一个钢笔大小的金属棒。

咔哒！就像变魔术一样，只用了几秒钟，大铁锁的锁扣一下子被切开了。

"我来开！"大威自告奋勇地上来帮邓肯船长。

麻哥、楚夏、嘟嘟镜、小酋长都围在了大铁箱旁边。

"这分明是属于我的宝藏！"楚夏两眼放光地喊道。

在数盏头灯的照耀下，满满一大铁箱造型古朴的洁白的瓷器，在昏暗的海水中闪烁着宛如月光般的光辉。

小酋长张大着嘴巴，这些东西对他来说就像是天方夜谭。

好奇的猎豹则像一只发现骨头的小狗一样围着箱子撒欢。

"别动！"麻哥的话还没说完，手快的楚夏已经拿起了一个大磁盘。

毫无预料的灾难瞬息来临了。

仿佛推倒了多米诺骨牌，又好像是揪住了熟睡中海神的胡子，整个底舱就在楚夏拿起盘子的一刹那发出了异样的声音。

"咯咯咯咯！""咯咯咯咯！"

"不好！"邓肯船长大惊失色，"快走！"

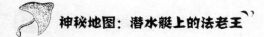

"快跑!"麻哥也跟着大叫起来。

哪里还来得及!

那个巨大的铁箱失去了平衡,向着底舱壁板冲去。

整个底舱也好像跟着铁箱旋转起来。

加速的铁箱在底舱的海水中像一枚巨型鱼雷一样,飞速向着舱壁撞去!

哗啦!锈蚀过度的底舱壁板被撞出一个巨大的洞。

铁箱像是一个逃跑的孩子从洞中滑向舱外。

巨大的船体终于重新找到了平衡,在不断的摇晃中稳定下来。

巨大的水流从舱外涌入,底舱中的人们被水流冲得七散八落,借助彼此相连的绳索和舱室内的把手才重新聚集在一起。

"有没有人受伤?"邓肯船长右手抓住一根栏杆。

"我的脑袋好像起包了。"大威龇牙咧嘴地喊着,"真疼啊!"

"没事儿,你是坦克大威,撞一下没什么。"楚夏到了这个时候还不忘调侃大威。

麻哥看了看大威的伤势,说:"至少没撞成脑震荡!"

"嘿嘿!我大威的脑袋练过铁头功!"要强的大威嬉皮笑脸地说。

"我们都没事儿。"嘟嘟镜摸了摸平滑的底舱内面,它在关键时刻帮了大家的忙。

"我们得把箱子找回来。"楚夏心疼地拿着只剩下一角的瓷盘碎片。

"小心，别割到潜水衣。"嘟嘟镜提醒着。

"我们得从这个洞钻出去。"大威游到被撞破的洞口前。

"等一下。"邓肯船长看着几个潜水员，"准备好武器！"

"是！"潜水员们一手紧握鱼叉枪，另一只手则拿着鲨鱼驱逐器，他们紧紧守卫在大家旁边。

"出发！跟着我！"邓肯船长身先士卒地冲在了最前面，两个潜水员紧跟着他游出洞口。

麻哥和小伙伴们排成一字形跟在这两个潜水员身后，三个富有经验的潜水员在队尾殿后。

一片茂密摇曳的海草森林挡在了大家的面前。

穿越海草森林，一片巨大的建筑物又出现在大家眼前。

高大整齐的石柱门廊，鳞次栉比的城垣石墙，整齐有序的大街小巷，恢宏壮观的圆形广场，一个沉睡的文明以恢宏壮观的建筑物震撼着人们的心灵。

海底城市！长眠在海底的城市！

"我的妈呀！"大威和楚夏望着高大的石柱和石柱上栩栩如生的雕塑看傻了。

"耶！我们发现了海底城市！"嘟嘟镜从没有这么高兴过，考古是她从小的愿望，今天终于实现了。

"今天是一个伟大的日子！"麻哥静静地看着海底城市建筑上的精美雕刻。

"是一个伟大的节日！"邓肯船长强调着，"所有的人

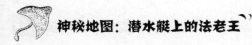

都知道这意味着什么。发现一个海底城市,我们可以解开一个伟大文明的密码。"

"噢噢噢噢!"小酋长兴奋地用草原部落特有的庆祝方式吼叫着。

"嗷嗷嗷!"听见主人这么兴奋,猎豹也兴高采烈地嚎叫起来。

"我们会名垂青史吗?"嘟嘟镜最崇拜那些历史书上的著名人物,"以后的历史书会不会记载我们发现海底城市的经过?"

"一定会的。"麻哥抑制不住心里的激动,"书上会这样记载,某年某月某日,麻团科考探险队和邓肯船长在大洋底下发现了海底城市,并由此揭开了一个文明的面纱。"

"为了庆祝这次载入史册的重大发现,我决定现在召开一个海底舞会!"邓肯船长大声宣布着自己的决定。

"可是我们没有音乐啊!"大威遗憾地在水里把双手摊开。

"谁说的。"耳机中传来邓肯船长爽朗的笑声,"我们的潜水机器人可是个音乐大师啊!"

"真的?!"大家将信将疑。

"来吧!朋友们!让我们嗨起来!嗨嗨嗨嗨!"潜水机器人扭动着机械臂,发出了奇怪有趣的机器人声音,伴随着轻松欢快、节奏感强烈的摇滚乐,身着潜水服的人们开始在海水里跳起舞来,欢笑声在耳机中传递。

邓肯船长长得高大英俊,但是跳起舞来却滑稽可笑,他的手脚不协调,脚步不合拍反倒形成了一种风格怪异、笑料百出的奇特效果。

楚夏是跳舞高手,即使穿着潜水服也能够挥洒自如,特别是在海水里,他的太空舞步惟妙惟肖,真的好像是行走在宇宙空间的宇航员。

嘟嘟镜不善此道,她乱挥乱舞,不过作为女孩子,她的动作协调好看,博得了大家一声声的喝彩。

麻哥和大威在一边做着最简单的动作,整齐划一,像是水里的机器人。

小酋长和猎豹的舞蹈粗犷而豪放,一看就是草原舞蹈演化

神秘地图：潜水艇上的法老王

过来的，在水里跳草原舞蹈变成了名副其实的"水草舞"。

就在一群狂欢庆祝的人沉醉在快乐之中的时候，从海底城市的各个角落，无数只大大的眼睛悄悄地注视着这群陌生的闯入者。

章鱼为什么可以喷出墨汁来？

场景 11 法老王之角

"多么宏伟壮观的城市!"站在海底城市的高处,邓肯船长感叹着。

"看这城市的布局,在沉没前它肯定是一个繁华的都市。"麻哥感叹道。

"我想当年的人们在这里一定生活得很幸福。"嘟嘟镜开始了想象,"城市的路上有很多马车,有很多树木,这里的人们都穿着漂亮的衣服。"

"它一定和大西国一样,是一个文明昌盛的古代帝国。"麻哥沉吟着,"没想到我们在这里发现了它。"

"大西国?"楚夏困惑地看着麻哥,"我怎么从来没有听说过。"

"就是亚特兰蒂斯。"嘟嘟镜插话道,"大西洋岛屿上曾经最富庶的国家。"

"是啊!"邓肯船长遗憾地叹了口气,"可惜它在一场大地震中消失在海底了。"

"这里一定有很多的宝藏。"楚夏猜测着,"如果同样是一场地震造成的岛屿沉没，人们根本没有时间转运财宝。"

"说得挺有道理啊！"大威喜滋滋地幻想着，"这么说我们一定会在这个城市里找到宝藏了。"

"既然来都来了，那我们就找找吧！"邓肯船长很有兴趣地看了看周围。

麻哥仔细回想着地图上的标记，他惊奇地发现，沈凌的地图上确实有一些奇奇怪怪的图案，刚开始的时候以为是信手涂鸦，但是现在回忆起来好像位置就是这里。但是为什么不是明显的城市标记呢？

"我们到高处去。"邓肯船长命令五个潜水员，"不要走散。别被表面的平静迷惑，说不定这里就藏着什么。"

空无一人的城市街道，巨大而空旷的广场，在殿宇中游来游去的发光海蜇，整个海底城市在昏暗的海水中仿佛睡着了，只有随这一行人移动的灯光给城市带来了一抹生机。

"我好像听到了什么声音？"大威划动着脚蹼，"像是一种乐器。"

"我也听到了，像是海螺的声音。"楚夏双手划出一道水波，"像是战斗的号角。"

"声音来自城市的中心。"麻哥很有把握，"我们去看看。"

"你们不要走散了。"邓肯船长叮嘱道，"千万要注意安全。这个城市好像很不正常。"

"传说古代的航海者经常会听到美人鱼的歌唱声。"嘟

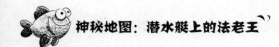

嘟镜笑着，"可我们为什么听到的是号角声？"

"可能美人鱼今天改吹号角了。"楚夏开着玩笑，"我正想见识见识。"

"但是对于航海的水手来说，美人鱼的歌声可是最大的陷阱。"麻哥冷冷地说了一句。

"没错，船毁人亡。"嘟嘟镜游到麻哥身边，"这座海底城市难道有人？"

"不管遇到什么，小心点就是了。"麻哥很镇定，毕竟他们的前面还有五个专业的潜水员。

"这座大殿就是海底城市的最高处了。"雄伟的大殿门外，邓肯船长和五个潜水员已经先期到达了。

历经沧桑的大殿在海水中依然宏伟壮观，数十根几十米高的巨型石柱撑起整个殿堂。曾经洁白的宽阔台阶如今被深绿色的海藻等海洋植物所覆盖，黑漆漆的大殿之中，一阵阵号角的呜咽声传来，仿佛海洋中的各种生物正在举行盛大的聚会。

"不管里面有什么，我们都得进去看一看。"邓肯船长两眼放光，"无尽的海底宝藏在向我们招手。"

"这就是城市的中心吗？"大威站在大殿外面，看着黑洞洞的殿堂。

"应该是。"嘟嘟镜环视着黑漆漆的高大宫殿。

"船长，你们有什么发现吗？"麻哥询问道，"请回答。"

"我们正在搜索。里面太黑了。"耳机中传来邓肯船长的回答声。

"我现在明白大海捞针的意思了。"楚夏原地转了个圈。

"你们现在可以进来了。里面很安全。"邓肯船长平静的声音传过来。

"走!"麻哥殿后,大威在前,麻团科考探险队向着黑暗的沉没宫殿深处游去。

"报告船长!我们有重大发现!重大发现!"急促的呼吸声中,一个船员的声音中夹杂着激动和不安。

这是殿堂中最高的位置,在数十盏灯光的照耀下,一座大理石搭建的华美祭坛呈现在大家眼前。祭坛上,一件形同牛角、大小如同非洲象牙般的物品摆放在一个石头座架上。

"天啊!"一向沉着冷静的邓肯船长喃喃地发出带着狂喜的惊呼声。

更令大家意想不到的是伴随着惊呼声,邓肯船长竟然双膝蜷曲,他不顾海水的浮力,扶着祭台跪了下去。

"船长!您这是怎么了?"大威叫着,"这东西到底是什么?"

邓肯船长双膝跪地,他虔诚地望着祭台上的"牛角",目光中带着欣喜和虔诚,他有些失真的声音通过耳机传了过来。

"伟大的海神啊!请怜悯您可怜的子民吧。我们满怀崇敬和爱意恳求您光芒的降临!"

"船长!船长!"麻哥发觉情况异常,他大声地呼喊

神秘地图：潜水艇上的法老王

着，"您清醒清醒！"

更奇怪的事情发生了。另一边，五个潜水员竟然也在祭坛前跪下了。

邓肯船长好像什么都没有听到，他的思想仿佛被什么东西抓住了。他只是一遍又一遍地重复着那些听起来只有虔诚教徒才能发出的声音。

"伟大的海神啊！请您赐予我们您的圣器！让我们在您的国土上享受荣耀和尊敬！我们必将开疆拓土，重现您的辉煌！"

"他在说什么啊！"嘟嘟镜看着陷入痴狂的邓肯船长，"好像灵魂附体一样。"

"我听说人在深海中有时候会得潜水病。人的神经受到压迫以后会出现幻觉，变得神经兮兮。"楚夏煞有介事地盯着顶礼膜拜的邓肯船长，"船长一定是生病了。"

反倒是小酋长和猎豹又开始凑热闹了，小酋长也跪在邓肯船长的旁边，他盯着祭台上那具仿佛有着神奇魔力的号角，念念有词，那语速绝对流畅，只是大家谁也听不懂。

"哈哈哈哈！"邓肯船长终于从梦呓般的状态回到了现实，"真是天助我也！"

"船长！您没事儿吧？"大威吁了口气，"您刚才那种发狂的样子把我们吓死了。"

楚夏也忙不迭地帮腔："是啊！还以为您魔怔了，或者是被什么人灵魂大挪移了呢！"

"你们当然不会有我的感受。"邓肯船长高亢的声音浑厚而充满喜悦，"当你苦苦求索的圣物就在眼前，当你的理想和现实只有一步之遥，你这一生的努力就都没有白费。"

邓肯船长说得激动了，声音忽然间戛然而止。沉默了两秒后，邓肯船长用高八度的声音大声地吟诵。

"朋友们！欢迎你们来到这神圣的殿堂，这无数英雄和勇士的鲜血浇灌的圣地，在你们面前，是伟大的圣器——法老王之角！！！"

"法老王之角？！"麻哥惊呆了，嘟嘟镜惊呆了，大威一头雾水，楚夏感到不同寻常。小酋长还在那里念念有词。

"您是说，这就是传说中的那个能左右兴亡盛衰的法老

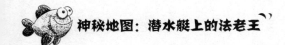

王之角？"麻哥看着邓肯船长所说的圣器，"可是在科学界已经否定了这个东西的存在。"

"是啊！"嘟嘟镜也跟着附和，"按照科学界的推论，法老王之角是不可能存在的，一个国家和民族的兴亡盛衰怎么可能寄托在一件东西上呢？这太荒谬了。"

"科学界？"邓肯船长冷笑着，"恐怕他们中的很多人还是依靠研究我的那些发明创造来生活的吧！很多时候当将历史和传说结合起来时，科学家们就会感到摸不着头脑，所以他们宁可否认。而我，对法老王之角的存在确信无疑。"

"但是科学家们通过自己的努力，创造发明了很多东西，对于地球也有了足够的了解。"嘟嘟镜争辩道。

"我承认对于地球的大部分地区来说，科学家们很有发言权，但是对海底世界来说，很多人还只是幼儿园水平。海洋，伟大的海洋！所有的未知仍然等待我们毕生去研究和追寻！"

"可是一个所谓的法老王之角就能让您陷入癫狂吗？"麻哥笑了，"难道它的诱惑力足以让您丧失正常的判断力？"

"看来你们真的只是听说过法老王之角的名字而已。"邓肯船长的语气显得超乎寻常的平静，"你们根本就不知道它的故事。"

"那您赶紧给我们讲讲吧。"大威急切地说道，"听上去好像很神奇啊！"

"那可是个漫长的故事，以后我会慢慢讲给你们听的。"邓肯船长故意装作神秘地笑了两声，"如果打个比喻的话，法老王之角就是海底王国的国玺。发现它的人将成为海洋之王。"

"什么？！"麻哥和嘟嘟镜互相看了一眼，法老王之角代表海洋王国的国玺？这倒是头一次听说。

"快！把法老王之角装进箱子里。"邓肯船长对潜水员们命令道，"一定要妥善保管。"

"是！"潜水员们忙碌着，他们小心翼翼地把法老王之角装进随身携带的保管箱中，然后又打开潜水机器人的舱室把箱子放进去。

"好了！我们返航吧！"邓肯船长心满意足地招呼着，"多亏了你的地图，今天我们将举行一次聚会。我请你们吃最好的东西。"

亚特兰蒂斯真的存在吗？

幕后操纵者

场景12

象征着王权的法老王之角静静地放置在豪华庄严的船长室。

邓肯船长一身雪白的船长服,肩上的金色肩章和胸前的几枚徽章闪闪夺目。

"海洋一号"各岗位的主管们列队站在船长室,雪白整齐的制服让整个房间焕然一新。

"各位尊贵的客人,'海洋一号'的栋梁们,今天我们迎来了一个伟大的节日!一个足以载入史册的伟大的节日!"

邓肯船长浑厚的声音响彻在船长室,麻哥、大威、楚夏、嘟嘟镜、小酋长和猎豹第一次看到"海洋一号"的精英们集结在这里。

"今天,我要宣布一个重要的决定,一个足以让你们每个人名垂青史的决定。"邓肯船长目光炯炯地看着大家,"我要建立一个国家!一个昌盛的海底王国!"

"什么?!"主管们你看看我,我看看你,都陷入了云里雾里。

神秘地图：潜水艇上的法老王

"是的！你们的表情再正常不过了。"邓肯船长悠然地点燃了一根雪茄，"一个海底的帝国！我要重建大西国！恢复它的荣光！让它成为世界上最富庶、最强大的国家！"

"可是船长，这个想法是不是个玩笑啊？"一个红鼻头的主管忽然哈哈大笑起来，"我记得去年的愚人节你也开过这么一个玩笑，当时大家都信了。"

"是啊！是啊！"另一个主管摘下大檐帽，露出他那闪闪发光的秃头，"那一次你可是比现在还正经呢！"

两个主管的话引来众人的嬉笑，整个船长室里立刻七嘴八舌地喧闹起来。

"静一静，静一静。"邓肯船长站到了桌子上，"我确实是个爱开玩笑的人，但是你们眼前的法老王之角是不会开玩笑的。"

室内顿时安静了下来，放置在那里的法老王之角仿佛真的拥有神秘的魔力一般，所有人的眼睛都盯在它上面。

"法老王之角，王权的象征！就像古代中国的那枚始皇帝的玉玺，谁得到它，谁就会成为天下的主人！"邓肯船长一点儿也不像是在开玩笑，他的眼里燃烧着熊熊的烈火。

"邓肯船长！你是说你要做新的大西国的国王吗？"嘟嘟镜微笑着，"可是你的臣民呢？难道就是船上的所有船员吗？"

"我纠正你一下,不是国王,是总统!"邓肯船长温和地强调着,"至于我的国民,除了船员们之外,还有海底世界的所有生物。大西国已经不是一个单纯由人类组成的王国,它是一个由多物种组成的大一统的公正民主的海洋王国!"

"好新鲜的定义!"楚夏点点头,"这么说我们桌上吃的那些鱼也是国民喽?"

"这个嘛!"邓肯船长忽然觉得刚才的话有些自相矛盾,不过他马上就反应了过来,"我补充一下,是海底的所有智能生物。那些脑子不够用的生物,很遗憾它们只能成为食物。"

"那么说新的大西国也要实行弱肉强食和适者生存的自然法则喽!"麻哥紧盯着船长的眼睛,"既然这样,怎么能说新的大西国是一个公正民主的海洋王国呢?"

"自然法则在任何时候都是适用的!"邓肯船长翘了翘嘴角,语气变得严厉起来,"和人类社会的所谓国家一样,在保证国民利益的同时,我们必须要生存下去。而公平和民主也是有限度的。"

"船长,你的大西国打算建立在哪里呢?"大威举起手来发问,"难道要建在'海洋一号'上吗?"

"大威这个问题问得好!"邓肯船长的面色缓和了下来,"你们看到的海底城市将成为大西国的首都!我们将在那里重现昔日的辉煌!"

"啊!这怎么可能呢?"嘟嘟镜连连摇头,"我们人类还没有进化出鳃来,怎么可能长期在水下生存呢?"

"怎么不可能?"邓肯船长目光中有着不可一世的力

量,"万事皆有可能,就看你是不是真正付出过努力。"

"那岂不是要建造一个能够承受巨大水压的海底城市?"麻哥似乎感觉到了什么,"即使是'探险号'深海潜水器,也是经过无数次的压力测试才通过考验的。很难想象一个城市能够经受住那么巨大的水压。"

"因为只要有一条裂缝,整个城市就会土崩瓦解。里面没有穿潜水服生活的人和动物都会被水压撕成碎片。"

"你们的问题很有建设性。"邓肯船长成竹在胸,显得悠然自得,"但是自然界就是我们的老师,大自然的建筑师们早就给出了答案。我们会在海底利用仿生学原理修建巨大的环形管道,就像是在7000米海底看到的那些原始的管状生物,这种管状建筑物采用最新型的韧性材料。对!它不是深海潜水器通常采用的钢铁,而是能'呼吸'的新材料。"

"它能够构造成巨大的海底城市?"楚夏含糊地质疑道,"我还是不太相信。"

"就像建筑蜂巢。我们模仿海底生物的身体结构,构造出层层相连的建筑物表层,并且利用生物分子的再生技术让建筑物每层的中空结构都能像蜂巢一样紧密结合,这样就不怕所谓的裂缝了。"邓肯船长言之凿凿,不容争辩。

"我们还有一个疑问。"嘟嘟镜看了麻哥一眼,"你的大西国就在今天成立吗?"

"就在今天,就在这里!"邓肯船长的话掷地有声,"这里集中了全船的精英人物,还有你们——我最尊贵的客人做见证!还有比这更好的吗?"

幕后操纵者 ◆ 场景 12

"谁说集中了全船的精英?!"一个冷冰冰的声音在人群后面炸开,"我就没在场啊!"

"大副?!是大副哈雷!"大威指着门口,眼睛瞪得比谁都圆。

神态倨傲的大副哈雷仰着头,他那又尖又瘦的下巴上胡茬泛青,大大的喉结醒目突出,一双眼睛布满血丝,像一只被逼急的兔子。他的身后,是五大三粗、满脸横肉、全副武装的一队卫兵。

"你!你是怎么进来的?"邓肯船长怒目而视,他的脸色青一阵白一阵。

"对不起了!搅了你当国王的美梦!"大副哈雷毫不忌讳地看着邓肯船长,"不过看来你今天是不能登基称帝了。"

"你这个忘恩负义的家伙!"邓肯船长把手伸向腰间,但是还没等他掏出枪来,一个卫兵已经举起武器,一声沉闷的枪声过后,站在桌子上的邓肯船长被一股强力猛地推向了舱壁。伴随着墙上照片的跌落,邓肯船长像一堆松软的面口袋躺在了地上。

"你!你怎么能这么干!"光头主管大声咆哮着,"你这个杀人凶手!"

"冷静!老兄!"大副哈雷一点儿都没有生气,他看着被刚才突发状况惊呆的人们,哈哈笑了起来,"不过是一颗麻醉弹而已,我怎么可能杀掉敬爱的邓肯船长呢!"

"大副,你不是被暗流卷走了吗?"大威回过神来,看着大副哈雷。

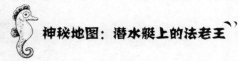

神秘地图：潜水艇上的法老王

"我要不割断绳索，你们还不都得喂鲨鱼？"大副哈雷不屑地看着大威，"跟着一群菜鸟，最大的麻烦就是可能把自己搭进去。"

"可是那毕竟是暗流啊！"楚夏对大副哈雷能够死里逃生觉得不可思议。

"但我毕竟是大副啊！而且是世界潜水协会排名前十的白金潜水员。"大副哈雷用眼睛的余光扫视着众人，"我可不是浪得虚名哦！"

"哇塞！白金潜水员！"大威两眼放光，"您能给我签名吗？能合影吗？"

"机会有的是！"大副哈雷踱到桌子前，仔细端详着法老王之角，然后他转过身来郑重地看着大家。

"各位，你们和我都是'海洋一号'的元老和精英。请你们拍着胸脯问问自己的内心，今天邓肯船长所做的一切是你们想要的吗？"

人群沉默着，终于有个声音轻轻地说："不是！"

"不是！这不是我们想要的。"一个身体强壮的人喊道，是动力主管。

"不是！不是！"人群中先后发出了坚定的否决声。

"不是！这也不是我想要的。"大副哈雷大声地喊道，"今天邓肯船长的所作所为已经走得太远了，脱离了正常的轨道。'海洋一号'过去、现在和未来都不会建立一个什么所谓的大西国！那种虚无缥缈，仅靠一根牛角骨就说什么万世永存的所谓国家！"

现场响起一片热烈的掌声。

"太给力了！"嘟嘟镜用力鼓起掌来。

小酋长不明所以，也跟着鼓起掌来。

猎豹则发出了低低的吼声。

"我宣布，在船长神志恢复正常，并且永远承诺取消所谓的建国决定前，我负责接管'海洋一号'，我将在各位的协助下实行宵禁和临时管制，直到所有的一切恢复正常！"大副哈雷坚毅的面孔上显现出不容置疑的决心和勇气。

"我们怎么办？"楚夏看着麻哥，"他们到底谁对谁错？"

"等待。"麻哥缓缓吐出两个字，"我们只能等待。"

"你们，麻团科考探险队。作为我们的客人，也要遵守临时管制的规定。"大副哈雷看了一眼麻哥和他的小伙伴们，"必要的时候你们要配合我们的调查。"

"啊？！"大威挠了挠头，"就是说我们哪儿都不能去了吗？"

"理解正确！"大副哈雷干净利落地回答，"卫兵，把船长带走，让他一个人好好清醒清醒。"

谜题 12
潜水病到底有多恐怖？

海底灾难

度日如年!

麻团科考探险队的计划被大副哈雷和武装水手的哗变彻底打乱了。

"你们说到底谁是好人,谁是坏人呢?"嘟嘟镜仔细回想着之前发生的每一个细节。

"不管正确与否,在军舰和轮船上是不允许发生哗变事件的。"大威气哼哼地攥着拳头,"参与哗变的水兵,一定会被送上军事法庭的。"

"对啊!我们这次是被卷入到一场大动荡之中了。"麻哥思谋着对策,"现在我们出不去,和其他任何人都联系不上。"

面对眼前的困境,所有的人都一筹莫展。门口站岗的年轻卫兵铁面无情,就是站在窗户那里望上一望都会被警告,后来卫兵索性用纸把窗户从外面糊上了。

"我抗议!你们不能这么对待我们!"大威踢打着厚重的舱门,"我们是这船上的客人。"

门外静悄悄的没有一丝动静,看来连卫兵都嫌他们太吵，以至于躲得远远的，把他们忘记了。

"别踢了！"楚夏双手抱在脑后，"省点劲儿吧！真把卫兵惹急了，给你一麻醉枪就老实了！"

大威腾地后退几步，冲上前去照着门又是一脚，他大吼道："那倒好了！我坦克大威能够好好地睡上一觉。现在的我就像是一只被关在笼子里的狮子！"

"那就是困兽犹斗呗！"麻哥忽然有了什么新的点子，"要不我们把卫兵叫来，让他把猎豹放出去？"

嘟嘟镜看了看一边没心没肺、呼呼大睡的小酋长和猎豹，摇了摇头："猎豹出去能干什么？还不是到处添麻烦。"

"就是啊！万一猎豹招惹了卫兵，被做成烤猎豹怎么办？"楚夏闷得发慌，笑嘻嘻地打趣。

"看这是什么？"麻哥从兜里拿出一个像米粒大小的东西，"这是一个微型摄像头，让猎豹出去逛逛，我们看看外面是什么情况！"

"高！"大威竖起了大拇指，"总比在这里干等着强吧！"

"卫兵！卫兵！"大威用力地敲着门，"我们队长要找大副！"

"别吵了。"一个瘦瘦的卫兵把门打开了一条缝，"你们几个真够闹的，能顶一个团。"

"我们不能待在这里了，这只猎豹身上的臭味儿太大了。"大威捂着鼻子，装出要吐的样子。

"是啊！是啊！"嘟嘟镜也做出要吐的样子，她真的就吐出了一口酸水。

"我都快被熏晕了。"麻哥面色苍白、有气无力地看着瘦卫兵，"再这么待着恐怕就休克了。"

"搞什么名堂呢！不会是耍花招吧？"另一个胖胖的卫兵看着大家。

"看着不像，这豹子味儿是够大的。"瘦卫兵看了看屋里，"要不让他们出去？"

"去哪儿？"胖卫兵瞪了一眼他的同伴，"没有其他房间给他们。"

"可是大副不是让我们保证他们的安全吗？万一真的休克了，咱俩怎么办？"瘦卫兵左右为难。

"有办法了！"胖卫兵笑容满面，和颜悦色地看着大家，"让这只猎豹出去走走，你们还在这里待着，怎么样？"

"哎！"大威故作失望地大声叹着气，"太不公平了，让动物出去。"

"算了算了。"嘟嘟镜像是解脱一样，"赶紧把它放走吧！我的个妈呀，味儿太冲了！"

此时小酋长早被吵醒了，他懵懵懂懂地看着大家把猎豹连推带哄地推出门外，那猎豹早就被关得烦了，能够出去当然求之不得，它一溜小跑消失在舱房外面。

"防卫森严啊！"看着猎豹传回的不断晃动的画面，大威感叹着。

"看来这个大副哈雷在'海洋一号'上还真是深得人心,居然这么快就恢复了秩序。"看着到处井然有序,楚夏不禁伸出了大拇指。

"我看不见得。"麻哥不同意楚夏的看法,"这不过是表面现象,毕竟邓肯船长曾经是最高指挥官。何况他除了做了所谓建国的决定之外,并没有做其他有损于'海洋一号'的事情。"

"麻哥说得对。"嘟嘟镜支持麻哥,"邓肯船长的威望绝对不会在几个小时内全部消失。只不过事发突然,大家还没有反应过来就被控制了。"

"大副的哗变一定是蓄谋已久的!"大威有点疑惑不解地说道,"但我有一点不明白,他为什么在最关键的时候割断了绳索,他完全可以把我们引入暗流再这样做。"

"这只能说明一点。"麻哥沉思了一下,"我们对他来说就是几个孩子,微不足道!"

"可我坦克大威是响当当的一个男子汉,居然微不足道?!"大威沮丧地靠在墙上,"我觉得太伤自尊了。"

"我倒觉得挺好,如果微不足道,我们应该很快就能重获自由。"嘟嘟镜的话让大家心里一亮。

"大副有请!"胖卫兵打开门笑容可掬地招呼大家,"委屈各位了。"

船长室门外,两个卫兵伸出手要对麻哥和他的小伙伴们搜身。

"不用了,让他们进来吧!"一个声音从门里传出来。

满脸孤傲的大副哈雷把腿搭在邓肯船长那张宽大的办公桌上,一把巨大的左轮手枪放在桌上。

"我的好朋友们!"大副哈雷并没有起身,"今天把你们请来只是想和你们交流一下。"

"看来你还真成了这里的主人了。"麻哥不咸不淡地环顾了一下四周,船长室的一切没有什么变化,除了面前这个看上去一朝权在手、小人得志的大副哈雷。

"好了!我们不寒暄了。"大副哈雷单刀直入,挑明了话题,"我想问几个问题,希望你们配合。"

"是审问吗?"大威挺起胸脯,"要是那样的话,我无话可说。"

"这样子像审问吗?"大副哈雷干笑着看着大家,"我们可能有些误会,但是这些问题我必须问你们。因为你们不会撒谎。"

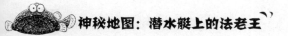

"但我们有权利保持沉默。"嘟嘟镜很有骨气地扬起下巴,"别以为你可以得逞。"

"麻哥呢?"大副哈雷摇着头,"你的同伴们真的是不可理喻。就因为我长得像坏人吗?"

"有时候坏人是能从长相上看出来的。"麻哥冷静地揶揄道,"除非他能够证明他做的事是正确的。"

"好吧。"大副哈雷把腿从桌子上拿下来,"我证明给你们看。"

大副哈雷从椅子上站起来,把桌子上的法老王之角端了起来,说:"谁能告诉我这个东西发现的过程。"

麻哥看了看大威和楚夏,他们两个投过来同样的目光。

"我们没看到,因为我们进去的时候,它就摆在海底城市的祭台上。"麻哥实话实说。

"那就对了!"大副哈雷会心地笑了笑,"如果我说这是邓肯船长自己放在那里的,你们相信吗?"

"什么!你是说?"麻哥好像一下子明白了,"这一切都是邓肯船长导演的?"

"是!"大副哈雷刚说完一个字,忽然一个跟头摔向墙面。

与此同时,麻团科考探险队的队员们也纷纷摔倒了,巨大的"海洋一号"被一股巨大的力量推动着,开始剧烈地晃动起来。

"地震!!!快抓好!"大副哈雷声嘶力竭地喊道,"抓住安全护栏!"

在提醒声中,麻团科考探险队的队员们手忙脚乱地抓住了紧贴墙角的安全护栏。

巨舰之外,海底世界陷入了一场灾难之中。

冒着黑烟的数十座海底山峰,瞬间喷射出烟火一般的熔岩,使黑暗混乱的海底世界陷于地狱般的火焰之中。

地底板块剧烈的摩擦引发了强烈的震动,无数的海洋生物被突如其来的灾难吓得四下逃窜,航行在上面的"海洋一号"如同坐在火药桶上一般,剧烈地颠簸着。

"海洋一号"上的人们惊慌地奔跑着,到处寻找避难和逃生的场所。

在一片惊慌中,一个矫健的身影从一扇被震开的门后面灵活地闪过,他从地上被震昏受伤的卫兵身上拿起一把自动武器,十分熟悉地穿过走廊,向着船长室跑去。

"不许动!"黑洞洞的枪口对准了大副哈雷的脑袋。

"船长!你!你是怎么出来的?"大副哈雷的左轮手枪早就不知道被甩到什么地方去了。他垂头丧气地看着拿着武器的邓肯船长。

"你们没事儿吧?"邓肯船长看着麻哥和他的小伙伴们,"让你们受委屈了。"

望着眼前如英雄一般降临的邓肯船长,麻哥和他的小伙伴们居然有一种突如其来的安全感。

邓肯船长走到座位旁,拿起桌上的红色电话,他大声地命令道:"各单位注意!我是邓肯船长,我现在宣布重新接管'海洋一号'的指挥权,所有人听我的命令,各就各位!"

神秘地图：潜水艇上的法老王

"各位主管，现在，履行你们的职责！"邓肯船长果断地下着命令，"我们现在要应对这场灾难！"

"报告船长！所有单位已各就各位！"话筒中传来报告声。

"释放载重物，紧急上浮！"邓肯船长发布了第一条命令。

巨舰之外，数十个应急舱口被打开，巨大的应急载重物被释放出去。

"速度4.2节，'海洋一号'正脱离危险区，迅速上浮。"

轰轰轰！海底火山喷出的熔岩凝结成巨大的石块儿，在"海洋一号"底部不断爆炸。

剧烈的晃动，不停的颠簸，"海洋一号"上的许多人开始呕吐。

"让我们玩一个弹球游戏吧！"邓肯船长哈哈大笑，"启动弹球，看看能打中几环？"

船长的命令被迅速执行，数不清的钢球被迅速抛离"海洋一号"，减重后的巨舰以更快的速度躲过海底火山的攻击，脱离了危险。

"我命令卫队长执行对大副哈雷和哗变水兵的逮捕！"邓肯船长冷冷地命令道，"不要放走一个人！"

落水之后怎么办？

场景 14 突围

"我们正在脱离危险区!"清晰的报告声从扩音器中传来。

"真是太危险了。"邓肯船长擦了擦头上的汗珠。

舷窗之外,海底世界不时发出雷鸣般的声音,伴随着巨大的闪光和爆炸,宛如正在举行的一场盛大的焰火表演。

"吓死了。"嘟嘟镜脸色煞白,"原来以为海底世界一片寂静,没想到这么闹腾。"

"让你们赶上了。"邓肯船长又恢复了幽默的状态,"这可是我在海底许多年都不曾遇到过的盛典。"

"船长,我们应该没事儿了吧?"楚夏被刚才的剧烈颠簸折腾得把肚子都吐空了。

"还不能确定。我们现在还在海底火山区。"邓肯船长保持着警惕,"看来这场火山爆发要持续一段时间。"

"我们差一点儿就被火山的岩浆吞噬了。"大威看着窗外,仿佛那惊心动魄的一幕仍在眼前。

"要不是大副捣乱,本来我是想带你们坐潜水器去看海底黑烟囱的。"邓肯船长后怕地搓了搓手,"也幸亏他的哗变,我们才躲过了一劫。"

"您说的黑烟囱我们刚才看到了,数量可真多啊!"大威夸张地举起手臂比画着。

"而且看上去显得很诡异。"嘟嘟镜想了想,"没错!用诡异这个词最合适。"

"那是海底热流。"麻哥把地图掏出来,"你们看,这上面有清晰的标注。"

"可是并没有标注这场灾难啊!"楚夏叹了口气,"我们差点儿就葬身海底了。"

"没那么严重。"邓肯船长安慰着大家,"这毕竟是'海洋一号',它不会被轻易摧毁。"

"船长,您看外面。"麻哥指着舷窗外,"我们的船好像停下来了。"

"报告船长!上浮系统出现故障,正在排除。"

"报告船长!动力系统出现故障,已启动备用系统。"

"报告船长!通信系统出现故障,部分通信中断,正在抢修。"

"报告船长!减压系统出现故障,正在查明原因。"

此起彼伏的报告声中,邓肯船长的脸色愈发凝重。

"真是邪门了!不出事全都没事儿,一出事儿全都有事儿。"大威暴躁地跺着脚。

"是啊!如果所有系统都出了问题,我们所在的'海洋

神秘地图：潜水艇上的法老王

一号'就是一个华丽的金属大棺材。"邓肯船长嘴角上翘，故作轻松地和大家开着玩笑。

"真的一点儿办法都没有了吗？"麻哥走到舷窗前。

从船长室看出去，"海洋一号"明显停止了运动。它如同一只浮在海水中的巨鲸，在间歇的海底火光中静静等待自己未知的命运。

"有办法！"邓肯船长肯定地点着头，"那就是等待，等着它被修好，重新启动。"

"等待？！"楚夏失望地抱怨着，"等于没说。"

"生活中很多事情是需要等待的。"邓肯船长温和地微笑着，"很多时候行动可能改变不了一切，这时候等待就显得很重要。要知道，我们人类的力量很渺小，从容地等待有时候反而是最好的选择。"

"船长，我觉得您好像和之前宣布建立大西国的那个邓肯船长是两个人。"嘟嘟镜困惑地看着邓肯船长。

"是呀！我觉得您说的好有道理。"大威仔细回味着船长的话，"等待，原来我可是最不愿意等待的人。"

"好了，不发感慨了。我们现在去驾驶舱。"邓肯船长拿起桌上的帽子，他示意卫兵抱起他桌上装着小章鱼的透明玻璃缸，"我们得做点什么。"

此时此刻，在"海洋一号"的正下方，一座巨大的火山口正在不断膨胀，炽热刺眼的红色岩浆被巨大的海底能量推动着，等待着致命的爆发。

"船长，舱底探测器发现了一个不好的苗头。"二副打开探测器，巨大的火山口画面出现在大家眼前。

"如果我们的动力系统不能使潜艇维持现在的位置。"二副没有再说下去，他的目光中流露出痛苦和不安。

"我们就会重新下坠，然后坐在火山口上，等着它把我们喷出海面。"邓肯船长看着驾驶舱中那些年轻的部下，"是这样吗？"

"是的！船长！"船员们朗声答道。

"你们害怕了吗？"邓肯船长昂首挺胸，大声地问道。

"我们不害怕！我的船长！"船员们目光坚定，面无惧色。

"小伙子们！轮到我们做点什么了！"邓肯船长解开制服的扣子，把衣袖撸到胳膊肘上。

"随时等候您的命令，我的船长！"船员们各就各位，严阵以待。

"命令！解除自动巡航，打开手动操作系统。"邓肯船长一字一句清晰地下达着指令。

"自动巡航系统已解除，手动操作系统启动！"忙碌的船员们紧盯着操作台上方的屏幕。

"命令！再次报告动力系统情况。"邓肯船长站在手动操作台上那个巨大的舵轮前。

"动力系统故障正在排除，备用系统情况正常！"船员的报告声清脆有力。

"报告！我们开始下沉了。"船员紧张地盯着屏幕，

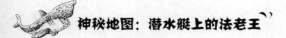
神秘地图：潜水艇上的法老王

"上浮系统失灵，载重舱卡住了，已无法卸载负荷。"

"还有什么可以放出去的？"邓肯船长有条不紊地看着二副。

"还有100条救生潜艇可以释放。"二副的眼光闪烁，"不过，如果放掉这些东西，我们就没有退路了。"

"命令！释放100条救生潜艇。船上非重要岗位的人员迅速撤离！"邓肯船长下定了决心，"给麻哥他们准备救生潜艇，我们要告别了。"

"船长！我们不能走！"麻哥拒绝了船长的好意，"让船员们撤离。"

"可你们是客人。"邓肯船长固执地说道，"我是船长，服从命令！"

"我们要看着您带我们脱离危险！"大威怒吼着，"麻团科考探险队从不后退！"

"哈哈！对我这么有信心？"邓肯船长笑了，"好吧！那就看看我这个船长的本事吧！"

"救生潜艇释放启动！"

"海洋一号"的无数个救生通道被打开了，一艘艘救生潜艇载着一部分船员先后冲出了巨舰，在水中划出一道道白色的弧线，迅速消失在海底。

"我们停止下沉了！距离火山口还有100米的距离。"二副兴奋地大叫着。

"好！我们开始来一次自由的探险吧！"邓肯船长手扶

舵轮,"左满舵!前进!"

仿佛是为了庆祝船长的手动操作成功,巨舰下面的海底火山发出雷鸣般的响声,它终于蓄积了足够的能量,像潜伏在海底一万年的怪兽一样,喷发了!

如同除夕夜晚天空燃放的烟花,数以百万吨计的岩浆喷薄而出,岩浆在海水中爆炸、凝结,一条条巨大的岩浆石柱纷纷在水中四散崩塌,其中一个巨大的岩浆火球突破海水的阻力,向着"海洋一号"的船底呼啸着飞来,在长达100米的海水中,这团表面已变成岩石的巨型石球狠狠地撞上了"海洋一号"。

如同沉没在茫茫大海里的一片树叶,"海洋一号"在这

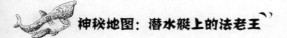
神秘地图：潜水艇上的法老王

巨大的撞击面前轻如鸿毛，它从海水里飞起来，翻滚着迅速向上浮去。"海洋一号"上的所有人都仿佛坐进了先进的格斗歼击机，在短短的几十秒钟完成了数个桶形翻转。

一切归于寂静。

当"海洋一号"重新恢复到正常的状态后，巨舰的底部已经被巨型岩浆球砸出了一个足球场大小深浅不一的大坑。

麻哥缓慢地睁开了眼睛，眼前的一切仿佛经历过浩劫一般。

指挥舱中，到处是被震飞的设备和被震昏的船员，大威和楚夏两个人紧紧抱着墙角的救生扶手，昏迷不醒；嘟嘟镜幸运地落在了后排柔软的沙发上，正在发出痛苦的呻吟声；小酋长和猎豹晕倒在指挥舱的一角；巨大的舵轮旁，是目光呆滞的邓肯船长和表情痛苦的二副。

"船长，您怎么样？"麻哥艰难地站了起来，发觉自己的脚好像扭了。

"我还活着。"邓肯船长费力地站起来了，"我的小章鱼，我的小章鱼。"

"在这里，船长！"二副指着房顶，"它在那里！"

房顶上，小章鱼用吸力强劲的腕足吸附在吊灯附近，它的一条腕足正流着血。

"我们还是被击中了！"邓肯船长摸着被撞得发青的脸颊，"我的牙好像要掉了！"

"报告船长！"一个船员跑进指挥舱，"我们有一些人伤得很重，但是没有人死亡。"

突围 ◆ 场景 14

"这大概是最好的结局了。"邓肯船长看着渐渐苏醒的大威、楚夏和正在爬起来揉着腿的嘟嘟镜,"你们的那个小酋长呢?"

"他在那里!"直到这时,麻哥才发现,小酋长和猎豹根本就没有受伤,他们完全是被剧烈翻滚的"海洋一号"给转晕了。因为只要他们一起来,必定立刻东倒西歪地再次倒下去。

在一个船员的帮助下,邓肯船长顺利地把小章鱼救了下来,做了简单的救治之后,它被重新放回了那个似乎坚不可摧的透明鱼缸。

"看看那些被关押的哗变水兵怎么样了?"邓肯船长忽然想起这些人,"特别是大副!"

"报告船长,不好了!"被派出去的船员惊慌失措地跑了回来,脸色惨白。

"犯人死了?"邓肯船长皱着眉头问。

"大副跑了,还带走了卫兵的武器!"这个船员紧张地看着邓肯船长,"我们正在进行全船搜查!"

"啊!"邓肯船长张大了嘴巴。

让所有人担心的事情终于发生了。

珊瑚是动物还是植物?

大副的忏悔

场景 15

海底火山群在释放出巨大的能量之后,渐渐地安静下来。

"报告船长!我们已脱离了危险区。"二副站在邓肯船长的身边,"不过现在我们的船搁浅了。"

"具体方位?"邓肯船长没有抬头,仍然和麻哥盯着面前摆放的地图。

"应该就在这里。"二副用手点了一下地图,"海洋牧场。"

"让各部门进行检修。"邓肯船长吐了口气,"至少我们现在安全了。"

"也动不了了。"大威伸了个懒腰,"您一定要带我们去海底牧场逛逛。"

"那是自然。"邓肯船长爽快地答应着,"反正在'海洋一号'修好之前我们哪儿也去不了。"

邓肯船长站起身来,他走到了放小章鱼的玻璃缸前。

"嚯!船长又把脑袋放进鱼缸里了。"楚夏吐着舌头说,"这是什么仪式吗?"

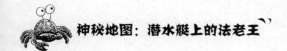

"我看是怪癖。"嘟嘟镜小声地在麻哥耳边嘀咕着,"不可理解!"

鱼缸里,邓肯船长的头发像水草一样漂浮着,小章鱼的八个触腕轮流在邓肯船长的头上吸附着,而邓肯船长嘴里念念有词,好像在说着什么。

"哈!我看是小章鱼在给邓肯船长做头部按摩呢!"楚夏仔细看了半天后下了结论。

"好了!朋友们!"邓肯船长接过毛巾,用力擦拭着湿漉漉带着海水气味儿的头发,显得神采奕奕,"我们终于摆脱了海底的灾难,应该好好庆祝庆祝!"

在"海洋一号"的一个昏暗的角落里。

大副靠在一个箱子上仔细聆听着外面的动静。

啪啪啪啪!急促的脚步声由远及近。

几个手持武器的卫兵搜索着从大副藏身的地方走了过去。

前方,就是驾驶舱。

"不愧是号称鬼泣的大副啊!"邓肯船长言不由衷地笑着,"只要给他一点机会就能够起死回生。"

"看他那个样子就不像是好人。"大威断然地下了结论,"尖嘴猴腮的。"

"他能当上大副,应该有点儿真本事。"嘟嘟镜没有看发怒的大威,"起码他是世界潜水协会的白金潜水员。"

"可是如果坏人的本领越大,对世界的危害也就越大。"

楚夏站在大威那一边。

"我还是那句话。"邓肯船长目光炯炯,"在'海洋一号'上绝对不允许叛变行为出现。"

"所以我自己前来接受您的审判。"大副哈雷冷冷的声音从门外传来。

脸上和眼角有些淤青的大副哈雷举着双手,在两个虎视眈眈的卫兵押解下走了进来。

"大副?!"麻哥对大副哈雷的自投罗网十分不解,就连一向滔滔不绝的邓肯船长脸上也显现出惊讶的表情。

"我知道你们为什么惊讶。"大副哈雷的手仍然举着,"为什么我还来自寻死路?很简单,我刚才的逃跑是不想默默无闻地死在一场灾难中。而我主动来找你们是想承担我该承担的职责。因为我必须光明正大地接受审判,尽管我知道自己根本就没有罪!"

"没罪?"邓肯船长冷冷地从齿缝中挤出两个字,"你在'海洋一号'上领导哗变,还敢说自己没有罪?这在任何一艘舰船上都是不能容忍的!"

"那是为了阻止你的疯狂行为。"大副哈雷同样冷面相对,"不过海洋本身已对你的疯狂行为做出了回答。这场灾难就是证据!"

"船长,他说的都是真的吗?"嘟嘟镜在两个针锋相对的人之间分辨着。

"一派胡言!"邓肯船长愤怒地瞪着大副,"照你这么

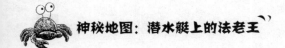

说，还有天怒人怨、海底咆哮的可笑见证喽！我建立大西国的决心不容动摇。"

"你要是一意孤行，那我就无话可说了。"大副哈雷一点儿都不示弱地看着邓肯船长，"从现在起我不再说话，你把我当哑巴好了。"

大副哈雷闭紧了嘴巴，做出了不发一言的姿态。

"嘻嘻！"楚夏觉得大副的样子超级滑稽，不禁笑出声来。

"你笑什么呀！"大威傻乎乎地看着楚夏。

"我在笑大副看上去就像是一个为正义献身的勇士。"楚夏越想越乐，竟然忍不住捂着肚子笑了起来，"不行不行，我肚子笑岔气了。"

大副哈雷白了一眼楚夏，把头昂得更高了。

"有那么好笑吗？"嘟嘟镜憋着笑，"这可是个严肃的会谈。"

"哈哈哈哈！"小酋长看着楚夏的样子，也爆发了。

猎豹被这欢乐的场面感染，围着主人欢快地转起圈来。

仿佛笑的炸弹一下子被引爆了，连一向冷静、理智的麻哥也嘎嘎地笑了起来。指挥舱里顿时成了一片欢乐的海洋。

"真拿你们没有办法。"邓肯船长无奈地叹了一口气，"我的计划都被你们的笑声瓦解了。"

"不如我们去海底牧场走上一圈。"二副建议道，"让麻哥他们也开开眼。"

"这是个好主意。"邓肯船长看了一眼被卫兵看管着的大副哈雷,"大副,不知道你有没有兴趣和我们一起去?"

"你就不担心我逃跑吗?"大副哈雷的脸上显现出桀骜不驯的神情。

"你既然敢回来,当然不会跑。"邓肯船长哈哈笑着,"想跑你早跑了。"

海洋深处,两束灯光穿透黑暗。

邓肯船长和麻团科考探险队乘坐搜索潜艇离开了"海洋一号"。

大副哈雷也在搜索潜艇中,只是他的身旁始终有两名擅长潜水的卫兵陪伴。

和其他潜艇不同,这艘搜索潜艇长得就像一个透明的水滴,在它的前端有两个圆圆的"眼睛"。

"这个潜艇更灵活,可以进入到沉船和任何浅海海底的珊瑚丛中。"邓肯船长介绍着,"当然了,如果你们想要到海底去也可以,只要穿上轻薄的浅海潜水服就行了。"

搜索潜艇被机械臂轻轻地从"海洋一号"里推了出来,进入到被二副称为海底牧场的浅海珊瑚群中。

真是一片富饶的海底五彩世界!

和深海区的黑暗深渊截然不同,海底牧场的位置在水下十米到一百米之间的大陆架上。随着坡度的上升,阳光更多地穿透黑暗照进海水里。在浅海的大陆架区域,各种色彩斑

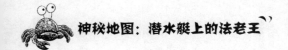
神秘地图：潜水艇上的法老王

斓的鱼和水下生物展现出旺盛的生命力，生机盎然。

"看，珊瑚！"嘟嘟镜指着红色的珊瑚丛林，"太美了！"

"进去看看。"邓肯船长吩咐驾驶员，"我们马上就要进入海底丛林了。"

水滴状的搜索潜艇灵活地穿梭在游动的珊瑚丛中，这种固着在海底岩石上的原始生物，靠着亿万年的积累形成了多彩多姿的珊瑚礁和珊瑚虫森林。

"小丑鱼！"楚夏指着一条身体全都藏进珊瑚丛林中，只露出红色小嘴和两只大眼睛的小鱼，"它好像害怕了。"

"对于它们来说，我们可是陌生的闯入者啊！"麻哥把脸贴到透明的潜艇舷窗表面自言自语。

"前面就是珍珠池了。"驾驶员轻推操纵杆，"你们在这里会有新发现。"

在灯光的照耀下，一片碧绿扑面而来，前方的海底一望无际，色彩鲜艳的绿色海底植物编织成广阔的海底草原。一条巨大的鳐鱼像一把撑开的巨伞从搜索潜艇的上方游过，白色的肚皮清晰可见。

"哇！好多扇贝啊！"大威瞪大了眼睛，"而且都好大啊！"

"是的，这片谷地就是我发现博物馆里那个大蚌壳的地方。"邓肯船长自豪地指着清晰可见的蚌群，"我们去采珍珠怎么样？"

"好啊！好啊！"大家热烈地响应着。

"大副！得麻烦你和我一起带领大家下海了。"邓肯船长看着大副,"快穿潜水服吧!"

穿上轻便的浅海潜水服,拿着对付鲨鱼的鲨鱼驱逐器和鱼叉枪,邓肯船长和大副哈雷带领大家进入到了寂静的海底,大家游到蚌群周围,在大副哈雷的示范下,把固定器小心地塞入珍珠蚌的蚌壳之间,然后仔细观察蚌壳里面珍珠的生长情况。

"这个可以。"大副哈雷游到楚夏的身边,"用取珠器,小心点儿,别碰伤蚌肉。"

"耶!我取到了一颗珍珠!金色珍珠!"楚夏兴奋地把手里龙眼大小的珍珠拿给大家看。

"我也取到了!"在邓肯船长的帮助下,嘟嘟镜也成功地取到了一颗珍珠。

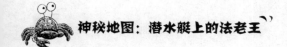

神秘地图：潜水艇上的法老王

"今天的收获可真不小啊！"望着满满一盘珍珠，大威兴奋异常。

"这可是孕育了几十年才有的东西啊！"大副哈雷看着珍珠若有所思。

"我们上去歇一歇。"邓肯船长指了指头顶。

"上面？"大家有些茫然地看着搜索潜艇的顶部。

"珊瑚礁！"大副淡淡地说，"现在这个季节，珊瑚礁会露出海面，形成一个几十米高的岛礁。"

岛礁之上，茫茫大海，蔚为壮观。

"呜呜呜，呜呜呜。"忽然人群中传来了压抑着的呜咽声。

正在欣赏美景的麻哥和小伙伴们全都诧异地转过身寻找哭声的来源。

大副哈雷蹲在一块礁石上，双手捂着脸，悲伤的眼泪顺着指缝流了下来。

"没什么，没什么！"大副哈雷站起身来，他仰着脸，徒劳地想让眼泪流回眼里。

"我想起了我的朋友沈凌。"大副哈雷说到这里，终于控制不住自己的情绪，失声痛哭起来。

"什么？！沈凌？"麻哥瞪圆了眼睛，他死死盯着大副哈雷。

"那件事一直像石头一样压在我的心上，无时无刻不在折磨着我的神经。"大副绝望的脸上充满着真诚的忏悔，

"每天我都在祈祷,当时我不应该接过那根儿气管。更不应该离开他!我永远不能原谅自己!"

"你是说你就是沈凌救的那个潜水员?"麻哥急切地问道。

"就是我!我是个懦夫,胆小鬼!我宁愿葬身大海,也不愿永久背负着愧疚活着!"

面对大海,面对早已消失在茫茫海底的沈凌,大副哈雷无力地呐喊着。

海洋牧场是怎样放牧牛羊的?

章鱼群的追击

场景 16

大副哈雷的真诚忏悔让大家沉浸在一种无以名状的悲伤之中。

"沈凌会听见的。"麻哥走到大副哈雷的身边,扶着他的肩膀,"他是个英雄!"

"嗯。"大副哈雷擦了一把眼泪,"所以我对自己说,从那一天起,我哈雷永远不做一个懦夫,永远要做一个誓死捍卫正义的男子汉!"

"难道他的哗变真的有什么难言之隐?"麻哥默默在心里琢磨着。

"好了!像个男人一样!"邓肯船长走过来,"即使被打倒,也不能被打败。我会在最后的审判中为你求情的。因为很多事你只看到了表面,真正的原因你是不知道的。"

"真正的原因是什么?"大副哈雷看着邓肯船长,眼神中露出质询的神色,"船长,你不应该对我们有丝毫隐瞒。"

"时机到了你自然就知道了。"邓肯船长欲言又止,他忽然显得很烦躁,他用一只手使劲把衣领扯开,像是要把什么东西释放出去。

"这块礁石再过两小时就要消失了。"领航员站在礁石上,"船长,我们返航吧!"

"海底牧场能够为我们提供足够的食物和资源。"返航途中,邓肯船长一言不发,反倒是大副哈雷开始滔滔不绝地介绍起来,"鱼类、海底植物为我们提供足够的食物营养,珍珠则给我们提供大量的资金储备,世界珍珠市场的三成都是由'海洋一号'提供的。"

"那你们'海洋一号'不是富可敌国了?"嘟嘟镜被震惊了。

"要不然他能够公开宣称要重建什么'大西国'吗?"大副哈雷看着邓肯船长,"太可笑了!"

"你是觉得我不配当'大西国'的总统,只配做一个普通人吗?"邓肯船长脸色铁青,语气严厉地质问大副。

"我是觉得人的欲望是无止境的。"大副哈雷没有正面回答邓肯船长的问题,"与其建立一个虚无缥缈的国家,不如为保护海洋环境做点儿具体的事情。"

"我做得还不够多,不够好吗?"邓肯船长带着怨气看着大副,"是我带领'海洋一号'追逐捕鲸船队,把那些来自东方的小矮子撑得哭爹喊娘;是我用储蓄的资金帮助非洲沿海的贫穷渔民,让他们安居乐业不再做海盗;是我做了那么多隐姓埋名的公益事业。这些都是能够抹杀的吗?"

"您说的都没错!"大副哈雷诚恳地看着邓肯船长,"但是如果您陷入了一个巨大的阴谋,一个足以改变人类世界的阴谋,您觉得所做过的一切好事足以抵消这件事的恶果吗?"

"哈哈哈哈!巨大的阴谋?"邓肯船长笑得咳嗽起来,"太夸张了!改变人类世界,我是超人吗?我能改变人类世界!你这是疯话!"

"我觉得你们还是别争论了。"麻哥冷冷地劝告两个人,"有时候争辩只能加深两个人之间的裂痕。"

"还是让事实来说话吧!"大副哈雷坐下来,面色冷漠地看着自己手背上的那个梅花刺青。

"报告船长!动力系统、浮力系统恢复正常,通信和其他系统还在维修。"二副带来了令人鼓舞的消息,"'海洋一号'可以重新下潜了。"

"下潜!我们边走边修。"邓肯船长走到操作台前,"大副!还是让时间证明一切吧。我宣布,在正式审判你之前,请回到你的工作岗位。或许你还能戴罪立功!"

"是!船长!"大副哈雷不再说什么,他站在了邓肯船长身边。

"海洋一号"在潮水中脱离了搁浅的浅水区,沿着大陆架向深海驶去。

"通信系统怎么样了?"邓肯船长不耐烦地盯着屏幕,"还没有修好吗?"

神秘地图：潜水艇上的法老王

"不知道为什么。"二副郁闷地回答，"总好像有什么东西在屏蔽我们。"

"抓紧修吧。"邓肯船长把拳头攥得嘎嘎作响，"我们还得把放出去的救援潜艇召回来呢！"

"船长！你看！"大副哈雷指着声呐系统的光波指示图，"有许多不明物体。"

光波指示图上，一片数量惊人的亮点向着'海洋一号'的方向迅速运动着。

"你怎么看？"邓肯船长看着大副哈雷，"别告诉我说你没有主意。"

"我建议迅速启动'海洋一号'防卫系统，释放搜索潜艇，派出侦察兵。"大副哈雷果断地建议，"凭我的航海经验，它们来者不善！"

"命令！启动'海洋一号'防卫系统，释放搜索潜艇。"邓肯船长毅然下令。

舷窗之外，一艘搜索潜艇以导弹出舱的速度划出一道洁白的水线，向远处不明目标飞去。

"继续下潜！"邓肯船长没有放松警惕，"不管它们是什么，深水区都是最好的保护层。"

"报告！报告！这里是搜索潜艇，我们发现了数量惊人的章鱼群！"

"有多少？"大副哈雷冷静地问道。

"几万条？几十万条？不！啊！不！"刺耳的杂音传

来，通信中断了。

"章鱼群?"麻哥看着大副哈雷,"你们以前遇到过这种情况吗?"

"从来没有。"大副哈雷看着舷窗外,"船长,章鱼群为什么会袭击搜索潜艇?"

"不可能啊!"邓肯船长挠了挠自己的头,"章鱼可是胆小怕事的动物。"

"那就太奇怪了!"大威倒是不太紧张,"不过它们对'海洋一号'构成不了什么威胁。"

"那倒是!"楚夏十分有信心地挥了挥拳头,"给我们送粮食来啦!"

"先别急着下结论。"嘟嘟镜冲着楚夏摆了摆手,"我觉得没那么简单。"

"报告!章鱼群离我们还有1000米!"二副盯着光波显示器。

"打开威慑灯,驱赶它们!"大副果断地下达命令。

"是!威慑灯准备!启动!"随着武器指挥官一声令下,数千盏巨型威慑灯在海底瞬间亮了起来,把整个海底世界照得如同白昼一样。

无数的海洋动物四散而逃,即使舷窗内的人也不得不眯起眼睛。邓肯船长赶忙让大家戴上了专用防护眼镜。

"500米!章鱼群停止运动了。"二副欣喜地报告,

神秘地图：潜水艇上的法老王

"威慑灯起作用了。"

"慢着！那是什么？"大副哈雷死死盯着舷窗外。

如同黑夜降临，海水中好像倒入了成万桶墨汁，那可怕的黑色悄无声息地弥漫开来，像是一张铺天盖地的大网，从500米外迅速蔓延，本来亮如白昼的海底渐渐被黑暗吞噬了。

"海洋一号"如同陷入黑色太空的一艘孤单的宇宙飞船，被黑夜所包围。即使是巨型的威慑灯，也被浓如沥青的黑色汁液一点点包围、覆盖，直到最后一丝光亮消失。

寂静，空洞的寂静，让人冷到骨髓的寂静。

"报告！各个系统好像都不能运转了！"二副静静地看着邓肯船长和大副哈雷。

"我们被包围了!"大副哈雷出奇的平静,"我很期待这一刻呢!"

刷拉!刷拉!被浓浓的墨汁铺满的舷窗上传来了玻璃摩擦的声音,一条条巨大的触腕清晰可见,紧接着,数十双比人类头颅还大的眼睛出现在舷窗外面。

大王乌贼!!!

没有什么比这一刻更令人惊心动魄了。

此时此刻,舷窗内的人们仿佛是动物园笼中的动物。在那些没有任何表情的空洞的眼睛注视下,每个人都觉得不寒而栗。

"我的鸡皮疙瘩都起来了。"楚夏觉得根本挪不动脚步。

"大王乌贼!这么多!"大威勇气未减,但是他束手无策。

小酋长和猎豹冲了过去,贴着舷窗和那些眼睛愤怒地对视。

"船长!通信系统好像启动了!"二副盯着面前那些失灵的屏幕。

一片片雪花在操作台前面的大屏幕上闪动着,雪花消失了,一行大字出现在屏幕上。

"你们在劫难逃!"

"你是谁?"大副哈雷厉声问道,"要干什么?"

"我是海洋之王!"屏幕上接着打出来一行字。

"海洋之王?"大副哈雷毫不畏惧,"有本事就让我们看看你的真面目！"

"你没有资格！因为你不过是一个懦夫！一个关键时刻背叛朋友的贪生怕死的懦夫！"

"啊！！！"大副哈雷崩溃了，他捂住眼睛蹲在了地上。

"我来！"麻哥站到了大副哈雷旁边，"你要干什么？"

"一个警告！对全体人类的一个警告！"

"全体人类？"麻哥轻蔑地笑着，"我倒觉得你现在没有资格面对全体人类。"

"我可以轻而易举地摧毁你们的'海洋一号'，你们会长眠海底！"

"我不相信！"麻哥大声地回答，"就凭章鱼群的墨汁？"

"这只是雕虫小技，如果给我时间，我可以摧毁整个人类！"

"哈哈哈！太可笑了！"大威在麻哥身边跳着脚，"人类是这个世界的王者！"

"我们才是！"

"你们是谁？"嘟嘟镜大声问道，"不会连名字都不敢说吧！"

沉默，然后屏幕上出现了触目惊心的两行字：

"我们是法老王之角的拥有者！"

"我们是潜水艇上的法老王！"

"法老王之角？！"麻哥把目光转向一直阴郁地看着舷

章鱼群的追击 ◆ 场景

窗之外的邓肯船长,"船长,它说的是什么意思,法老王之角不是属于您的吗?"

"我想到时候了。"一直沉默不语的邓肯船长瞪大了眼睛,他的目光直直的,发出了只有夜晚的狼才拥有的莹莹绿光,"让我们揭开谜底吧!"

小丑鱼长得和小丑一样吗?

海底的王道

场景 17

危机一触即发。

越来越多的章鱼群从海底的四面八方向着"海洋一号"游过来。

层层叠叠，密密麻麻，仿佛海洋里的章鱼听到了什么号令，它们兴奋地聚集在一起，在"海洋一号"的舷窗外形成了一片如同珊瑚一样的触腕丛林。

"我有密集恐惧症！"嘟嘟镜用双手捂住眼睛。

"这么多的章鱼，难道要把'海洋一号'吃掉？"楚夏有点木然地看着舷窗外。

"大副！这些章鱼要干什么？还有这些大眼睛的大王乌贼？"麻哥一脸茫然，没想到居然陷进了章鱼和大王乌贼堆里。

"这得问问船长大人！"大副哈雷耸了耸肩膀。

此时邓肯船长的表现让人难以置信！

"邓肯船长的眼睛！"大威指着邓肯船长，一向不信邪的大威脸上露出了恐惧的神色。

"梅斗梅几咖喱哈更啊更。"邓肯船长站在那里，像是

神秘地图：潜水艇上的法老王

被什么东西控制了灵魂，他冲着话筒，口中发出叽里咕噜的听不懂的声音，眼睛则发出蓝绿变换的荧光，像是一头嗜血的荒原之狼。

声音通过扬声器直接传到了"海洋一号"外面的海底世界。

"快看快看！大王乌贼！"楚夏和小酋长跳着脚指着舷窗外。

好像听懂了邓肯船长的话语，紧贴舷窗的大王乌贼开始了疯狂的行动。它们张开触腕，把靠近的章鱼抓住，然后甩到自己的嘴里。

与此同时，大王乌贼的身体不断改变着色彩，远远看去就像是闪烁的灯光。

越来越多的大王乌贼冲入了章鱼群，展开了血腥的屠杀和吞噬。

前拥后挤的章鱼群终于承受不住攻击，开始了大溃退。

灯光重新启动，海底世界已经成为一片血色海洋，到处漂浮着章鱼的尸体，而那些巨大的大王乌贼则在进行着一场看上去永不完结的饕餮大餐。

"太可怕了！"嘟嘟镜看着眼前悲惨的一切。

"这就是弱肉强食的自然法则。"邓肯船长闭着眼睛，声音像是来自另一个世界。

"船长，你可别吓我们。"大威用手指碰了碰邓肯船长，"你是装出来的，对不对？"

"装？哈哈哈哈！我是法老王！是海底世界的主宰！"邓肯船长仍然闭着眼睛，"你们已经看到了我的力量。"

"你不是邓肯船长。"大副哈雷忽然站了起来，指着闭着眼睛的船长，"你是谁？"

"我不是。我只是借用一下邓肯船长的身体，他不过是一个任我摆布的傀儡而已。""傀儡！"麻哥盯住站得笔直的邓肯船长，不！确切地说是盯住了邓肯船长的身体。

"算了，跟你们这些人类交流实在是浪费我的生命。还是让他自己来说吧。"声音停止了，邓肯船长的身体一下子瘫软下来，他紧闭双眼，陷入了昏迷。

"难道船长真的被灵魂附体了？"大威诧异地看着麻哥，"这不符合科学啊！"

"别急！"麻哥冷静地看着邓肯船长，"能够揭开这个谜团的人只能是船长自己了。"

"嘘！"一声长长的叹息从邓肯船长的口中呼出来。面

神秘地图：潜水艇上的法老王

色惨白的邓肯船长目光无神，像是大病初愈一般，原来他脸上的英姿飒爽仿佛一下子消失殆尽。

"船长，你醒过来了？"嘟嘟镜关心地问道。

"嗯！"邓肯船长有气无力地坐在那里，他目光空洞无神地看着大家。

"船长，你知道刚才发生了什么吗？"嘟嘟镜试探地问道。

"我的头好疼啊！"邓肯船长用手指使劲按住太阳穴上一跳一跳的血管，"刚才到底发生了什么？！"

"你真的不知道吗？"楚夏不相信地望着邓肯船长，"哦！想起来了，你刚才是闭着眼睛说那些话的。"

"什么话？我说了什么话？"邓肯船长下意识地捂了下嘴巴。

看到邓肯船长的脸上渐渐恢复了血色，麻哥担着的心放了下来。

"你刚才说你是法老王，还说什么邓肯船长，也就是你啦！是一个傀儡。"大威吞吞吐吐地重复着。

"一个傀儡！哈哈哈哈。"大副哈雷站了起来，示威地看着邓肯船长，"看来还真有这么回事啊！"

"是！没错！我就是个傀儡！"邓肯船长针锋相对地瞪着大副哈雷，"一个伟大的傀儡！"

"傀儡？伟大！这两个词好像根本就不沾边啊！"嘟嘟镜捂住嘴笑着。

"你们当然不知道这里面的秘密。"邓肯船长站了起来，看样子颇为踌躇满志，他的脸上露出神秘兮兮的微笑，"这个秘密只有我和那个神秘的合伙人知道。"

"事到如今，你就别藏着掖着了，跟我们实话实说吧！"大副哈雷看着故作神秘的邓肯船长，"否则我是不会接受审判的。"

"是啊！邓肯船长，请你告诉我们真相吧！"麻哥诚恳地请求着，"你说的那个神秘的合伙人究竟是谁啊？"

"好吧！既然你们那么想知道，我就在'海洋一号'上公开这个秘密！"邓肯船长依然有些苍白的脸上因为激动而变得红扑扑的。

"那就快说吧。"大威也满怀期待。

"不行不行！我们是有约定的。"邓肯船长刚说完就变卦了，"何况如果我说出了这个秘密的话，说不定马上就会大祸临头。"

"我看如果你不说出来才会大祸临头。"大副哈雷气哼哼地看着邓肯船长，"你怎么还不觉悟呢？"

这时候，"海洋一号"驾驶舱外，一条巨大的大王乌贼游了过来，它用强劲的吸盘牢牢吸附在玻璃上，两只硕大的直径足有四十厘米的眼睛紧紧盯住里面的人。

"我记得刚才你闭着眼睛的时候还说过一句话。"麻哥一字一句地复述，"我只是借用一下邓肯船长的身体，他只是一个任我摆布的傀儡而已。"

"你真的听到了这句话？"邓肯船长的脸色因为动怒变

神秘地图：潜水艇上的法老王

得青一阵白一阵，"这不是你编造出来的？"

"我有必要骗你吗？"麻哥笑了，他觉得邓肯船长有点反应过度。

"你去告诉你的主子，我们可是有协议的。"邓肯船长一下子发飙了，他冲到船舷边上，对着透明、坚固的舷窗玻璃又踢又踹，"居然利用我的身体说那么傲慢的话！要是没有我邓肯船长，你们的什么雄心壮志都是一场空而已。"

依然没有一丝表情，船舱外的大王乌贼巨大的眼睛中似乎可以包容和吞噬一切，暴跳如雷的邓肯船长一个人在演出一场独角戏。

"好吧！好吧！你要不去说我自己去。"邓肯船长咬牙切齿，"看看到底谁才是这艘海底巨舰的主人。"

"船长！通信信号！"二副指着大屏幕说道。

"不要轻举妄动！"一行字出现在屏幕上。

"我为我刚才的草率道歉，我错了。"

看着屏幕上的字，邓肯船长的怒火渐渐熄灭了。

"为什么？为什么？"邓肯船长大声地抗议着，"我什么时候成为了一个傀儡？"

"这是我们说好的。因为海洋世界不能由人类统治。"

"是的是的，就算我们说好的，但是协议上说我将成为大西国的总统。这总没错吧！"

"没错。请原谅我的坦白，但是大西国总统本身就是傀儡！"

那行字没有停顿，而且将最后的句号改成了惊叹号。

"既然这样，不如你站到台前来。我可不希望当一个五光十色的傀儡，我是总统，当然应该拥有总统的权力。"邓肯船长有些歇斯底里，他死死盯住屏幕，仿佛那是一个有生命的人。

"你们人类有句话——人心不足蛇吞象。你当初只要求自己风风光光，有地位、有面子，可从来没有要求过权力。何况给你这个权力，你也根本指挥不了现在船外的几千只大王乌贼！"

"既然这样，那不如你直接做总统吧！反正我的朋友们也在这里。"邓肯船长语气里有种赖不几几的感觉。

"我需要你作为统治人类的代表。"

"什么？！统治人类？"大威吐了口唾沫，"你是谁啊！这么大的口气，人类从诞生那天起就注定是自然的精灵和世界的主宰！"

"是吗？可惜啊！你们现在连这个铁笼子都出不去，我们的章鱼群其实是来参观马戏团的。"

"什么？！"楚夏立刻明白了，"原来是这样，这么多的章鱼从四面八方赶来，就是为了像看老虎和狗熊一样看我们，是吧？"

"完全正确。但是出现了一点问题，它们太多了，而且不听指挥，所以我给它们一点颜色看看。"

"既然你如此强大？为什么连一面都不敢露呢？"麻哥带

神秘地图：潜水艇上的法老王

着挖苦的口吻，"莫非是因为你长得太丑？！见不得光吗？"

"人类的好奇心真的是很强啊！"

接下来的一行字让所有的人大跌眼镜。

"我们其实一直在一起，只不过你们不太注意我罢了。"

简直是晴天霹雳！

"一直在一起？"麻哥的脑子飞快地旋转着，"难道你是一个伪装成人类的船员？"

"大副，不会是你吧？"楚夏瞪大眼睛盯着大副哈雷。

"你可真会开玩笑。"大副哈雷用手在楚夏的眼前晃了晃，"这是几？"

"不用猜了！"邓肯船长转过身来，"它就在那里！"

在驾驶舱那宽大的桌子上，是那个透明的鱼缸，此时此刻，在鱼缸里休息的小章鱼正一本正经地用触腕扶着缸底，两只大大的眼睛似乎威严地看着大家。

小章鱼？

海底王道？

潜水艇上的法老王！

怎么可能？！

世界上最大的"羊"是什么？

覆灭者

"就它!"大威嘴乐得都扯到耳朵根儿。

"真是贻笑大方!"楚夏终于想到了一个最合适的词儿来形容这件事。

"它不是你的小宠物吗?"嘟嘟镜看着邓肯船长,"怎么变成法老王啦?"

"说来话长。"邓肯船长很郁闷地看着这几个嬉皮笑脸的孩子,"你们还不知道尊严为何物,也不知道触犯别人的尊严会有什么后果!"

"船长,我能问一个问题吗?"麻哥没有笑,他预感到了事态的严重性。

"或许你应该直接问它。"邓肯船长怀着敬畏的目光看着小章鱼。

"你们应该为自己的不敬行为道歉。"一行字出现了。

"我们就是感到很可笑。"大威委屈地摊着手,"没有什么不敬的行为啊!"

"是啊!海底的统治者?!怎么可能是你小章鱼呢?"

楚夏跟着大威说道。

"就是我!"

鱼缸中的小章鱼用触腕敲了敲玻璃。

"如果你们现在不道歉,那我将会让'海洋一号'在一分钟后沉没。"

什么!一分钟?沉没?

大威和楚夏对望着,他们可没有想到事情的结果会糟糕到这种程度。

"还等什么呢!"大副哈雷看着大威和楚夏,"你们俩想让我们葬身海底吗?"

"我们道歉!"大威、楚夏真诚地说道,"我们不应该嘲笑你。"

"这还差不多。"字幕又出现了,"即使你们道歉,也不会相信我就是海洋之王。"

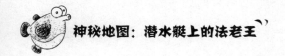

这倒是说出了大威和楚夏的心里话。

"看看邓肯船长吧!他就是最好的答案。"

麻哥转身看了看邓肯船长,原本高大英俊的邓肯船长好像一下子苍老了很多。原本漆黑油亮、时尚潮酷的头发一下子稀疏了,头顶上还有一个大大的光圈。

"船长!你的头发怎么秃了?"嘟嘟镜诧异地伸出一根指头指着邓肯船长的头。

"啊?!头发!"邓肯船长下意识地摸了一下自己的头发,"啊?难道我又回到了原来的模样?"

站在大家面前的是一个背有点驼,年龄在四十岁左右的中年大叔,虽然个子和邓肯船长差不多一般高,但是那浑浊的目光、光秃的头顶、突出的肚子怎么也和英俊潇洒、风流倜傥的邓肯船长对不上号。

"船长,你怎么变成这个样子了?"嘟嘟镜一下子懵了,原来那个高大英俊的邓肯船长看上去一下子老了二十岁。

"这就是代价。"字幕又一次出现了。

"既然你揭开了秘密,也就撕毁了协议,现在我们谁也不欠谁了。"

"可是,可是我并没有对你有什么伤害啊!"邓肯船长眼睛中仍然抱着希望,"难道就不能给我一次机会吗?"

"你要的太多,我恐怕给不了。"冷冰冰的字幕再次出现。

"我和你拼了!"邓肯船长迈着笨拙的脚步冲上前去,抱起透明鱼缸,"我就不信你能够把我怎么样!"

"最好把我放下。如果你想要'海洋一号'的全体成员给你陪葬的话,我马上就可以成全你。"

"你吓唬不了我!我不怕你!"邓肯船长把鱼缸高高举过头顶,然后无奈地轻轻放了下来。

"那是什么?"

楚夏眼尖,他忽然在邓肯船长身边看到了一个奇怪的从没见过的东西。

还没等他起身,猎豹早已扑了过去,像捕捉一头猎物一般准确地把那东西死死咬住。

"是什么?!"大威冲过去想豹口夺食。猎豹怒吼着挥舞爪子不让大威靠近。

"嘘!"小酋长拍了拍猎豹的头,猎豹乖乖地把嘴里的东西交到了他的手上。

啊?!居然是一个假发头套!麻哥哭笑不得。

"不装了,不装了。"邓肯船长大口喘着粗气,"太累!戴假发,每天都要深吸一口气绷紧肚子,还要健身,抹防皱霜,这种日子我过够了。"

"可是以前的邓肯船长真的很精神啊!"大威傻乎乎地评论着。

"你还是别揭船长的伤疤了。"嘟嘟镜有点可怜邓肯船

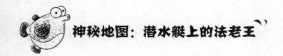

长了。

"船长,我觉得你完全没必要那么沮丧。"楚夏信心十足地安慰邓肯船长,"至少你还拥有'海洋一号'和数千名船员呢!"

"他现在什么都不是。"字幕再次出现在大屏幕上,伴随着清亮的节奏声。

"至少他在我们眼里还是船长。"大威紧盯着桌子上的小章鱼。

"我已接管'海洋一号'。只有我才能决定你们的命运。"

"大副!你赶紧想想办法啊!"楚夏求救地看着大副哈雷。

"能有什么办法?"大副哈雷耸了耸肩膀,"虽然我想通过哗变改变一切,但是显然没有奏效。"

大副哈雷站起来走到舷窗旁边,他的语气中透露着无奈:"你们看这数千条大王乌贼。小章鱼说得对,在海洋中它说了算。"

"你们人类确实聪明,有句话怎么说来着,识时务者为俊杰。只要你们识相点,我会考虑把你们送到陆地上,反正不管你们在哪里,都是我的子民。"

"什么?!你的子民!"大威的眼珠子差点儿瞪出来。

"普天之下,莫非王土。率土之滨,莫非王臣。等到我统一地球的那一天,会给你们人类生存之地的。"

"只要我们尊你为王?"大副哈雷笑嘻嘻地看着小章

鱼,"我双手赞成!"

"叛徒!"楚夏狠狠地盯了六副哈雷一眼,"你就是个变色龙、墙头草,彻头彻尾的叛徒。"

楚夏连珠炮一样的话语砸向大副哈雷,可万万没想到引来了大副哈雷爽朗的爆笑声。

"哈哈哈!你就算再生气也没用啊!我们现在都是它的人质。"

"我们现在去哪里?"嘟嘟镜警觉地看着窗外。

"海底城市!我要在那里称王!"又一行清晰的字幕显示出来。

"你不觉得你这样背信弃义很卑鄙吗?"邓肯船长跳起来大吼着。

"什么意思?!"字幕再次出现了,小章鱼明显露出了不解和迟疑。

"不遵守诺言,言而无信的意思!"麻哥解释道。

"在海洋中我理解不了你们人类的想法。"小章鱼用字幕冷酷地回答,"我们的目的是生存,在此基础上所做的一切都是合理的。"

"合理?"嘟嘟镜看了看小章鱼,"那你靠什么来统治未来的国家和子民。"

"谁不听话就吃掉谁。"小章鱼的话冷冰冰地像把刀子。

"我理解了。"麻哥充满同情地看着邓肯船长,"船长,在章鱼的世界中,除了弱肉强食的丛林法则,它们是没有道

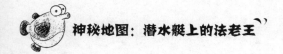
神秘地图：潜水艇上的法老王

德和良知的。"

"是啊！多么熟悉的丛林法则啊！"大副哈雷呵呵笑着，仿佛眼前危险的环境让他感到更舒服。

"是的，人类祖先在最初的蛮荒时代也曾以丛林法则为立身之本。"嘟嘟镜滔滔不绝地开始给大家上课，"但是人类文明在丛林法则上不断进化，并发展出人类社会的道德和法规。"

"人类文明的核心就是爱。"麻哥补充道。

"爱？不懂。"字幕一闪一闪，"是什么？"

"是喜欢，就像你喜欢瓶子。"大威觉得这个比喻不太恰当，歪着头琢磨怎么说更合适。

"最简单的一个例子，就是你喜欢你的爸爸妈妈，那种感情就叫做爱！"嘟嘟镜的这个比喻获得了大家的一致赞同。

"没有记忆。"字幕停顿了，"我一直是自己生活的。"

大家沉默了。

海底城市。

无数双眼睛从四面八方向城市的中心汇聚。

"是章鱼群，好多啊！"在搜索潜艇中，嘟嘟镜双手扶着舷窗观察着。

搜索潜艇停泊在城市的中心广场上，高高的祭坛上，小章鱼巍然屹立。

它的下面是上千条大王乌贼，然后是数以十万计的章鱼群。

"我们的国家！大西国，成立了！"铿锵有力的字幕出现在搜索潜艇的屏幕上。

无数的气泡从章鱼们的嘴里吐了出来，在海水深处形成了叹为观止的泡泡云。

八爪的章鱼们挥舞着触腕，在海洋深处摩擦出持续不断的噪声。

"我将在海洋深处建立一个伟大的国家！它将统一整个海洋和地球！

"我将选出一个邓肯船长的替代者，作为人类的统治代表！"

啊！搜索潜艇中的人彼此望了望，邓肯船长被彻底抛弃了！

"这个人类统治者的名字是——小酋长！"

什么？！除了小酋长咿呀和猎豹傻呵呵地看着外面，所有人都被惊得目瞪口呆。

"为什么啊？"楚夏仔细端详着小酋长，"他连话都说不利落！"

"不好了！"大威发现了异常情况，"看那些大王乌贼！"

舷窗外面，许多大王乌贼像被什么东西突然激怒了，它们触腕飞扬，奋力向上游去！

"你们将看到一场伟大的开国之战！"

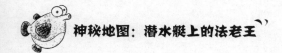 神秘地图：潜水艇上的法老王

"我们将消灭海洋的仇敌——抹香鲸！"

更多的大王乌贼排成整齐的进攻队形向上游去！

海洋深处，一场抹香鲸群和大王乌贼的终极战役拉开了序幕。

沉着镇定、有备而来的抹香鲸群像一部训练有素的战斗机器，它们十条左右为一个小部队，对大王乌贼实行分割、包围、歼灭，将一条条大王乌贼咬住、吃掉。

尽管数量有上千条，尽管看上去气势汹汹，但是在抹香鲸群面前，大王乌贼就像是一群乌合之众，完全成了抹香鲸的盘中大餐。

"我们要顶住！顶住！"闪烁的字幕就像是绝望的呼喊。

最后一批大王乌贼也冲上去了，但是再也没有回来。

硕大的抹香鲸"深海舰队"来了，它们驱赶着章鱼群四散奔逃，祭坛顶部的小章鱼被吓得紧紧贴住搜索潜艇，但是抹香鲸显然对这个小东西不屑一顾。

小章鱼赖以生存的大王乌贼部队灰飞烟灭了！

鲸鱼是怎样与同伴交流的？

重见天日

简直是一个玩笑!

大王乌贼,传说中的海洋恶魔军团覆灭了!

号称要建立大西国的小章鱼成为了笑柄。

此时此刻,它正蜷缩在透明鱼缸中惊恐万状地望着大家,要是有个瓶子,早就钻进去了。

"现在用孤家寡人形容它最合适了。"楚夏有点儿幸灾乐祸。

"我们想知道真相。"大副哈雷不笑了,他极为严肃地看着邓肯船长。

"真相就是……"邓肯船长满脸通红,他想说可是又羞于开口。

"如果你还能控制屏幕的话,我们想听你说说。"麻哥把目光投向了小章鱼。

"好吧!我说。"

小章鱼的话源源不断地通过字幕显示出来。麻哥和小伙伴们目不转睛地盯着大屏幕,他们没想到这个故事竟然如此惊心动魄。

"一切还要从那个平庸得如同石子一般的船员邓肯说起。年轻时的他高大英俊，满怀着不切实际的梦想，直到有一天他成为海员，这些梦想仍然追随着他。

"然而青春易老，到了三十而立的年龄，他依然一事无成。除了当海员积累了一些可以谈笑的奇闻趣事外，他并无一技之长。

"渴望成名，渴望不朽，可望不可及。直到有一天他遇到了我——小章鱼。

"我自命不凡，因为我发现自己有特殊的本领，那就是在海水里利用脑电波。

"我能够用脑电波控制海里的生物，即使是凶悍的大王乌贼，也要俯首称臣。

"但是我们章鱼家族最悲惨的竟然是寿命。尽管我们从生下来就独立生存，靠一己之力在残酷的海洋中打拼，但我们的寿命却只有极其可怜的三年。

"尽管我们有两套神经系统，有三个心脏。我们学习的速度飞快，但是我们到三岁就进入了暮年。

"哈哈哈！这是一个多么大的玩笑！除非我们能变成人。

"机缘巧合，我认识了水手邓肯，不甘平庸、志大才疏的邓肯。我发现他能够和我交流，我能够轻易用脑电波控制他。

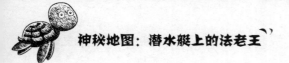

神秘地图：潜水艇上的法老王

"于是，我们做了一笔交易。我答应让他成为一个新人，一个能够乾坤在握的伟大的凡人。

"这个我很容易就做到了，我帮助他发现了一艘载满金币的古代沉船。那笔钱足够他在最好的船厂定制'海洋一号'和招募船员。只用一年这个目标就实现了。

"他要帮助我完成两个任务。

"第一个任务，成为大西国人类社会的统治者。这很难，他虽然平庸，但是充满了野心和独立的渴望。

"第二个任务，让我们了解人类的身体构造和基因。以便在我们有限的三年寿命中完成基因的突变，哪怕生命只有三十年。

"当我发现了邓肯船长的独立野心，我就想放弃他。我需要一张白纸，喏，就是那个小酋长，他具有天然与动物沟

通的能力。我能够用脑电波和他沟通。至于语言的学习，那是最简单的事情。

"我本来打算成立大西国后永远囚禁你们，只留下小酋长来培养。如果基因研究失败，我至少还有个宿主寄托我的神经系统。

"万万没想到我犯了个致命的错误，我过高地估计了大王乌贼的战斗力。

"丢人啊！全军覆没！"

所有的人都在默默注视着屏幕。一个巨大的阴谋就这样浮出水面。

"可是你为什么不训练鲨鱼部队呢？"大威诧异地提出了疑问，"他们毕竟是海洋里的狠角色。"

"那些蠢货？"小章鱼的语气中透着不屑，"它们的祖先从远古走来，几乎和恐龙一个时代，但是除了进化出几万颗没有牙根的牙齿，它们的智商低得无法交流。只要有肉吃，什么都愿意干。跟这种吃货合作太侮辱我的智商了。"

"你想建立一个单纯的章鱼帝国，对吧？"嘟嘟镜猜测着。

"是的。"小章鱼似乎很无奈，"但是我们章鱼独立生活惯了，它们不喜欢有组织的群居生活。这也是我为什么训练了一支大王乌贼卫队来管理它们的原因。"

"你的理想很远大，但是现实太残酷。"麻哥叹了口气，"而且你的寿命太短了。"黑黑的屏幕上不再出现一个字，只有长久的无奈的沉默。

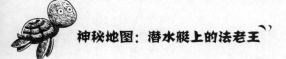

神秘地图：潜水艇上的法老王

"船长，该你说话了。"大副哈雷冷冷地看着邓肯船长，"我和船员们只想知道这些是不是真的。"

"好汉做事好汉当。"邓肯船长挺了挺腰板，"这些都是真的，千真万确。"

"难道你没从人类的角度考虑过？万一这一切实现了呢？"麻哥不解地看着邓肯船长，"那你可成了人类的罪人。"

"考虑过。"邓肯船长低着头，"但是我不想做一个平庸的人，这样活着太没有意义了。"

"你出卖人类就有意义了？"大威气愤地嚷嚷着，"我看你是昏了头了。"

"我确实太荒唐了！"邓肯船长咬着嘴唇，"因为一时鬼迷心窍，竟然做出了这样的事。现在，面临审判的应该是我。"

"作为'海洋一号'的船长，犯下这样的错误，罪不可恕。依照'海洋一号'的船员守则，对你的惩罚将是——你会被永远放逐在陆地上。"大副哈雷表情复杂地看着邓肯船长说道，"其实你的能力已经向大家证明，你是一个优秀的船长和水手。"

"不！我热爱海洋！"邓肯船长的眼泪流下来了，"请再给我一次机会，我不能离开海洋！"

望着像一个孩子一样涕泪交流的邓肯船长，麻哥和小伙伴们心里五味杂陈。

那个知识广博，风趣幽默的邓肯船长，

那个英俊潇洒，技能娴熟的邓肯船长，

那个临危不惧，指挥若定的邓肯船长，

因为自己的一念之差,将被永远放逐在陆地上。

"麻哥,我有话跟你说。"六副哈雷悄悄地拉了一下麻哥,"跟我来。"

两个人走到大副的办公室,六副哈雷从抽屉里拿出一件东西。

"让我们聊聊我们共同的朋友沈凌吧!"大副哈雷的眼睛有点红。

"这和在龟冢里发现的东西一模一样。"麻哥从背包里掏出来一个一样的魔方。

"危机之盒,成功解开它的人很少。"大副哈雷把玩着那个看上去有点神秘的玩具,"因为解开它就意味着一次性拆除。"

"你的意思是它不能再恢复原状了?"麻哥一下子对这个玩具有了兴趣。

"毁灭!这就是危机之盒的游戏原理,它是不可逆的。"大副哈雷的眼睛望着舷窗外,"沈凌是在用这种方式警示我们。他可能早就发现了海底城市的秘密,至少他感觉到了人类的危机,所以他把这个东西给了我。"

"然后他把另一个放进了龟冢,并且给我寄了地图。"麻哥终于明白了,"他发现了毁灭人类的阴谋。"

"可惜之后就出现了那次事故。"大副哈雷惋惜地把拳头捏得直响,"我没有机会听沈凌讲述这个重大发现。"

麻哥默默地掏出了地图,他终于完全看懂了,解释道:

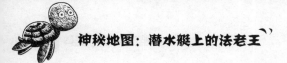
神秘地图：潜水艇上的法老王

"沈凌不仅发现了海底城市，还发现了章鱼群居的异常举动。"

"大王乌贼，沈凌在海底城市发现了大王乌贼的踪迹。"大副哈雷指着地图上巨大的眼睛。

"对了，那个开小差的军官难道也发现了邓肯船长和小章鱼的阴谋？"麻哥将心里的疑团讲了出来。

"小章鱼试图要控制船上每个人，那个军官的脑电波类型恰好在控制范围内。"大副哈雷眼神中掠过一丝遗憾，"不过他还是选择了逃避。毕竟让一个人背叛整个人类，这样的压力太大了！"

麻哥看了大副哈雷一眼，若有所思地问："小章鱼就没想控制你？"

"我可能太笨了。"大副哈雷摸了摸脑袋，"因为我的外号叫鲨鱼。"

"哈哈哈！"麻哥忍不住笑出声来，"估计小章鱼控制不了你这样的笨人！"

"是啊！看着邓肯船长越走越远，我找了一些信得过的水兵想把他拉回来。"大副哈雷无奈地摊了摊手，"结果你看到了。"

"唉！人长得像坏人确实很吃亏啊！"麻哥嘻嘻笑着开了个玩笑。

"这个送给你。"大副哈雷把危机之盒递给麻哥。

"大副，你今后打算怎么办？"麻哥接过那个精致的有特殊意义的玩具。

"'海洋一号'！我的生命已经和它融为一体了。你别看海底世界这么寂静,但是处处隐藏着危机。我们人类对于海洋的探索如同婴儿对世界的探索,可能连一知半解都谈不上。"

"兴许哪一天你会碰上海底人呢!"麻哥笑着打趣,"别忘了带好哦!"

"我也希望啊!"大副哈雷无限神往地说道,"海底要是真有另外的文明,人类就不会那么孤单了。"

这是一个晴朗的明媚清晨,万里无云。

巨舰"海洋一号"浮出了海面,它的面前是一个珊瑚礁形成的海岛。邓肯船长穿着便装,静静等待着宣判。

"经过全体船员的民主投票,根据'海洋一号'船员守则,原船长邓肯因严重过失将永远被放逐在陆地上。"大副哈雷宣读完文件,把它递给了邓肯船长,"船员们想在您登岸之前对您在海底灾难时的救援行动表达谢意。"

"海洋一号"的甲板上,身着雪白制服、整齐列队的船员们笔直肃立着。

"敬礼!"礼宾官高亢的声音响彻在"海洋一号"上。

刷!

"船长!我的船长!"伴随着整齐划一的敬礼,船员们用"海洋一号"特有的仪式向曾经的船长告别。

泪眼蒙眬中,邓肯船长扑通一声跪在了地上,号啕大哭。

再见!"海洋一号"!

麻哥和小伙伴们与大副哈雷和船员们挥手告别!

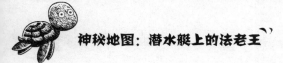

神秘地图：潜水艇上的法老王

"海洋一号"缓缓潜入海底，消失在茫茫大海之中。

"走吧！邓肯船长。"麻哥和大威去搀扶邓肯船长。

远处的天边，一架巨型救援直升机由远及近飞临海岛。巨大的气流吹得岛上的树木枝叶乱舞。

登上飞机，麻哥默默地看着富饶而一望无际的海洋，他在心里呼唤：再见！大海！

世界上真的有海底人吗？

场景20 海洋的眼泪

精彩绝伦的表演!

此起彼伏的欢呼声!

人们从座位上站起来,形成了连绵不绝的人浪!

一条条海豚从池水中高高跃起,它们流线型的身体灵活地穿越挂在空中的彩色钢圈,高难度的动作让人眼花缭乱。

掌声雷动!

"那些海豚太棒了,怪不得人们叫它们海洋的精灵!"楚夏还在想刚才的表演。

"它们的智商在海洋动物中可是数一数二的。"嘟嘟镜刚查过海豚的资料,正可以显摆显摆,"海豚是大脑容量仅次于人类的哺乳动物。别看它个子不大,但是它可是名副其实地属于鲸类哦。"

"我的妈呀!谈到这个我坦克大威可是没有用武之地了。"大威用钦佩的眼光看着嘟嘟镜,"难怪同学们叫你活电脑。"

"是啊!你不跳级真是可惜了。"麻哥故意坏笑地挤挤眼睛。

"我不想跳级,不想长大,不想失去童年和快乐!我要做女彼得潘!"嘟嘟镜像麻哥预料的一样爆发了。

"所以嘛!你才是麻团科考探险队的好伙伴。"楚夏明白麻哥的意思,他敲着桌子真诚地看着大家,他的这个举动感染了大伙儿。

"麻团科考探险队!出发!"大威把手举起来,做出出发的手势。

咿呀!咿呀!

咚咚咚的脚步声传来,小酋长咿呀带着猎豹急匆匆地跑来。

"我的大酋长!您又迟到了!"楚夏故意挖苦小酋长咿呀。

猎豹跳过来和大威打闹,小酋长咿呀看着大家,脸胀得通红。

"别说了。"嘟嘟镜替小酋长咿呀打圆场,"我估计他又把那个闹钟扔掉了,但是说实话,让他适应咱们的生活,有点难!"

"要是大副在的话,肯定会用最严厉的方法让他适应!"楚夏嘴不饶人地争辩着。

"大副给我来信了!"大威得意洋洋地掏出信来。

"不会啊!"嘟嘟镜还记得大副那张桀骜不驯的面孔,"是不是你又把他给麻团科考探险队的信件据为己有了?"

"嘿嘿。"大威脸红了一下,他迫不及待地开始述说信的内容,"他说'海洋一号'上的船员们现在更忙了。"大威兴冲冲地挥着手,"他们在加勒比海打击海盗,在南极救

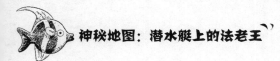

神秘地图：潜水艇上的法老王

助企鹅，更厉害的是他们居然截获了一艘来自东亚的捕鲸船，那些船员被大副他们强制留在了鲸鱼湾，你知道大副让这些捕鲸者干什么吗？"

"干什么？"楚夏猜测着，"不会是让他们吃鲸鱼屎吧？"

"鲸鱼饲养员！让他们喂鲸鱼，和鲸鱼培养感情，改邪归正！"

"这个大副，可真有一套！"嘟嘟镜笑了起来，"真想看看那些捕鲸者被捉弄的样子。"

"又出乱子了，又出乱子了。"一个身穿蓝色工作服的海洋馆工作人员大喊着招呼另一个胖胖的同事。

"怎么了？又是那个章鱼保罗吧！"胖胖的男人也呼哧呼哧地跑起来。

"章鱼保罗？！"大威一听来劲了，"我们也去看看吧。"

跟在工作人员身后，大家急匆匆来到了水族馆。这里是由巨大的透明抗压玻璃制成的，远远看去就像是一个巨大的鱼缸。

一个潜水员仰面躺在地上，脸色惨白。

"新来的潜水员。"剃着寸头的管理员皱着眉头甩了甩手，"我警告过他，别把保罗从那个水族箱里拿出来。可是一眼没看紧，他就把保罗拎了出来。"

"我看看。"胖胖的男人俯下身翻了翻潜水员的眼皮，"他没事儿。至少不会像那个被保罗整得胡说八道的家伙。"

"我知道，就是那个要做地球领主的家伙。"管理员依然皱着眉头。

"好了，大家都散开吧！"胖男人冲着大家挥手，"要看保罗预测球赛的请到旁边的剧场去。好戏还在后头呢！"

"地球领主，哈哈哈！"楚夏笑弯了腰，"简直就是邓肯船长的翻版啊！"

"这个章鱼保罗还真有两下子。"大威被吊起了胃口，"我必须看看它的尊容！"

"女士们，先生们！"一个长相帅气的年轻主持人穿着夸张华丽的服装站在剧场正中，"本届世界杯预选赛最关键的一场比赛就要开始了，之前章鱼保罗已经猜中了五场比赛的比分！一会儿，我们就要迎来中国队对日本队的比赛，让我们在开赛之前有请章鱼君——保罗出场！"

高亢热烈的音乐声中，一个透明的玻璃鱼缸被仪态端庄的礼仪小姐抱上来。

坐在前排的麻哥和小伙伴们一下子惊呆了，那里面的章鱼保罗分明就是——小章鱼！

"咿呀咿呀！"小酋长咿呀突然一下子跳了起来，他三步并作两步冲上了舞台，在瞠目结舌的礼仪小姐注视下，他摘下头冠，把头伸进了鱼缸。

小章鱼像是见到一个久别重逢的老朋友一样，伸出触手紧紧地抱紧小酋长咿呀的头颅。

台下的观众以为这一幕是海洋馆的特别演出，他们热情

 神秘地图：潜水艇上的法老王

地鼓起掌来。

"搞什么嘛！"大威无奈地看着台上和小章鱼亲近的小酋长咿呀。

"这就叫友好互动吧！"嘟嘟镜不以为然地看着台上，"它真能预测比分？"

"我想这对于章鱼来说最多只算是个小儿科的游戏吧。"麻哥饶有兴趣地看着小酋长咿呀向观众挥手告别。

"让我们揭晓这场比赛的预测结果！"主持人把两个挂着国旗的球门放进了鱼缸，大屏幕上清晰地投射出鱼缸中的画面。

"看看，章鱼保罗要捡彩色球了。"楚夏用手指着大屏幕。

"红色代表中国，黄色代表日本。"主持人的语调抑扬顿挫，"它先捡了一个黄色的球。"

"等等!"大威大喊了起来,"中国队!小章鱼,中国队!"

"它捡了一个红色球,又一个红色球,又一个——红色球!"主持人的语调高昂,十分激动,"它锁定了预测比分,三比一。中国队,三比一胜日本队!"

"耶!"麻哥和小伙伴们欢呼着,全场观众的热情都被点燃了。

就在小章鱼预测完比分的那一刻,正式的比赛也开始了。

"各位小朋友,这边请!"一个洪亮而充满磁性的声音在展览馆里响起来。

一群穿着统一服装的小学生在老师的陪伴下,跟着一个身材高大、长相英俊的海洋馆讲解员走在海洋动物展厅里。

"遇见老熟人了。"大威抬起手指了指那里,"邓肯船长!"

"我知道他在这里。"麻哥笑眯眯地看着远处的邓肯船长和孩子们,"他在这里很合适。"

"是啊!虽然去不了海洋,但是这里和海洋最接近。"嘟嘟镜看着远处正在津津有味地给孩子们讲解的邓肯船长。

"老朋友们!大家好啊!"趁着学生自由参观的空当,邓肯船长身板笔挺地走过来了。

"哇!船长您的假发,"楚夏怕船长尴尬连忙改口,"不,您的头发跟真的一样。"

"这是真的头发!"邓肯船长一点儿也没在意,"头发再生技术现在已经不是什么新科技了,只不过我的头发长得更好。"

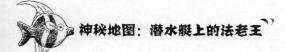

"您的身材保持得也不错！"大威羡慕地看着英俊的邓肯船长。

"锻炼，坚持不懈！"邓肯船长像在潜艇上一样语气坚定，"这就是我成功的秘诀！"

"不想念大海吗？"嘟嘟镜又问了一个不合时宜的问题。

"做梦都想！"邓肯船长深深吸了一口气，"大副给我寄来了一件东西。我捐给了海洋馆。"

"小朋友们！我们集合了！"邓肯船长大声招呼着，"我带你们去看一件稀世珍宝！"

静静地摆放在展厅的一个角落，坚固的防弹玻璃展柜和隐藏的红外线防盗网让人感到它的不可多得。白色的珍珠在灯光下串成一串，中间是那颗如同水滴一样的珍宝。

"海洋的眼泪"！

邓肯船长目光凝视着面前的珍宝，他面带笑容地看着大家。

"朋友们！今天当你们站在'海洋的眼泪'面前的时候，我有几句话想要对你们说，无论你在什么地方，即使是月球的太空城，当你眺望地球的时候，那种蓝色还是让你神往和怀念。大海！即使你生活在沙漠，仍然向往着大海！因为，水对于我们人类来说，是不可分割的一部分，它就存在于我们的血液中，身体中，它就存在于你的眼泪中！

"不管怎么样，不要让它干涸！不要让它的物种灭绝！不要到了有一天向我们的后代谈起大海，却只能让他们通过保存在芯片中的视频文件欣赏电影里的大海！"

告别了邓肯船长,麻哥和小伙伴们望着远处的海洋馆。

"邓肯船长终于找到了自己喜欢的事业。"麻哥欣慰地看着大家。

"小章鱼也是,虽然预测比分这件事有点儿单调。"楚夏笑着说道。

"队长!小酋长又跟丢了,他不会迷路吧?"嘟嘟镜看了看身后。

"我建议,下次探险的时候还是别带他了。"大威嘟囔着,"让人操碎了心。"

"等等我!"飞奔的脚步声,远处出现了小酋长咿呀的长矛和飘动的羽毛头冠。

"三比一,真的是三比一!中国队赢了!"小酋长咿呀边跑边大声喊着,猎豹在他身边飞奔着。

"他的汉语怎么说得这么好了?!"大威和楚夏大眼瞪小眼。

"小章鱼的脑电波挺管用啊!"麻哥竖起了大拇指。

大家你看看我,我看看你,随即哈哈大笑起来。

海豚的智商到底有多高?

燃烧脑细胞
10个烧脑科学谜题

❶ 深海中最大的挑战是水压吗？

对人类和大多数海洋生物来说，深海中最大的挑战就是水压。这个压力是由水的重量产生的，水的深度每增加10米，因为重量而产生的压力就增加1个大气压。

❂ 海洋最深的区域是马里亚纳海沟，大部分地方的水深都超过8000米，其中最深的斐查兹海渊深达11034米，是地球的最深点。

❂ 在深海环境中，巨大的水压使鱼的骨骼变得非常薄，而且容易弯曲，肌肉柔韧，纤维纽密。更有趣的是，鱼皮会变成一层非常薄的层膜，以便能使鱼体内的生理组织充满水分，从而保持体内外压力的平衡。

❂ 1960年1月23日，瑞士著名深海探险家雅克·皮卡尔与美国海军中尉沃尔什乘坐深水探测器，成功潜入世界上最深的海沟——马里亚纳海沟，下潜深度是10916米，创造了当时最深的潜水纪录。

❂ 2012年3月26日，好莱坞电影导演卡梅隆驾驶"深海挑战者号"一个人成功下潜到马里亚纳海沟的最深处——挑战者海渊底部。他只用90分钟就潜进了这条地球表面最深邃的伤疤，并停留了四个小时。

人们对深海景象的探寻从未停止，与深海水压的斗争也会持续下去。也许聪明的你会在未来想出战胜水压的绝好办法，向人们展示更多、更奇妙的海底世界。

❷ 潜水时生病就一定是得了潜水病吗?

潜水时生病不一定是得了潜水病，也许你只是吃了脏东西肚子疼。

✪ 潜水病主要是由于水下压力造成的，在深海潜水时最容易发生。是指潜水员从高压的水下上升到正常气压的水面时，由于减压不当使原本溶解于体内组织中的气体变成了气泡，而引发的血液循环障碍和组织损伤等症状。

✪ 潜水病一旦发生，一定要及时治疗。如果潜水者出现丧失意识或者空气栓塞迹象时，必须立刻急救。要尽快把患者送进高压氧舱，以便于压缩气泡，让空气溶于血液之中。

✪ 深海中的能见度很差，水温很低，还可能遇到暗流。在深海潜水时，体力的巨大消耗和冷水的刺激可能会对潜水者的身体造成伤害，出现头痛、乏力、被冻僵，甚至精神失常等症状。

✪ 严格地控制下潜深度和下潜持续时间是预防潜水病的必要措施。一般来说，潜水员只要限制自己身体吸收气体的总量就能够防止危险气泡的形成。

✪ 潜水病的主要症状是疼痛。尽管疼痛的部位并没有炎症，但是那种深入骨髓的剧痛会让潜水员痛不欲生。

想要去深海潜水吗？先做个身体检查吧！

❸ 剑鱼真的是海里的游泳冠军吗？

130千米/小时，剑鱼的游泳速度在海洋生物中绝对是数一数二的。说它是游泳冠军也绝不过分。

✪ 剑鱼又叫箭鱼，或者剑旗鱼，是主要分布于热带和温带的大型鱼类。成年剑鱼身长能达到5米多，体重可达500千克。

✪ 剑鱼能够在海水中高速运动，这要归功于它头部长长的剑一样的上颌，它能够突破海水的阻力，劈开水波前行。

✪ 剑鱼有个绰号，叫做"活鱼雷"。这个绰号源于剑鱼的暴躁脾气，无论是军舰还是民船，只要剑鱼脾气上来就会奋不顾身地撞上去。远远看去就像是一枚发射的鱼雷。

✪ 剑鱼的"宝剑"是它捕食的绝佳利器，它会用"宝剑"撞入鱼群把小鱼撞晕，然后美美地享受大餐。

✪ 剑鱼还是仿生学研究的重点对象呢！飞机设计师根据剑鱼"宝剑"劈水前行的原理，在超音速飞机的前方加了一根长长的"针"，它能够刺破音障，大大提高飞机的速度。

想看看剑鱼的宝剑吗？去海洋博物馆吧，那里有剑鱼标本哦！

海豚真的能在海难中救人一命吗？

海豚会救人，这是真的。世界各地不断有这样的新闻报道，英国、美国、新西兰都出现过海豚救人的感人故事。1949年，美国佛罗里达州一位律师的妻子在《自然史》杂志上披露了自己在海上获救的经历：她在一个海滨浴场游泳时，突然陷入一股水下暗流，一排排汹涌的海浪向她袭来。就在她即将昏迷的一刹那，一条海豚飞快地游过来，用尖尖的喙部把她推到了安全的浅水地带。

海豚究竟为什么要救人呢？科学家提出了三种猜想。

❂ "天性"派认为：海豚救人的行为是一种非条件性的泅出反射，源于照料子女的"天性"。

❂ "嬉戏"派认为：海豚天生好动，善于模仿，把漂浮在海里的所有东西都当成玩具。

❂ "勇敢"派认为：海豚有发达的大脑，沟回很多，智力超群，与人类有许多相似之处。这一派科学家认为，海豚的救人"壮举"是一种自觉自愿的勇敢举动，当海豚感觉到人类可能处于危险中的时候，就会马上行动起来保护他们。

现在，人类活动已经严重地威胁到海豚的生存。在一些地区，猎杀海豚是千百年来不变的习俗。被捕后的海豚，有53%会在90天内郁郁而死。让我们一起来呼吁保护海豚吧！

❺ 章鱼是海底的伪装大师,这是真的吗?

没错，拟态章鱼的确是自然界中顶级的伪装高手。它无骨、无刺、无毒，身体也非常软，可以任意改变颜色和形状，模拟各种环境和其他海洋生物。

✪ 拟态章鱼能轻易地融入周边环境。它们表皮上有数万个特殊的色包，靠一个复杂的肌肉网络控制。通过放松或收缩色袋，拟态章鱼在不到1秒内就能让自身与任何背景环境的颜色和图案达到一致，甚至同时改变皮肤构造。

✪ 也许就是因为拟态章鱼太会伪装了，因此人们很难抓住它们的踪迹。直到1998年，科学家才在印尼苏拉威西岛的河口水域发现了这种神奇的生物。

✪ 在捕食的时候，章鱼会伪装成一块覆盖着藻类的石头，等待着毫无戒备的猎物接近，然后它们就会突然扑过去大开杀戒。

章鱼可不只是善于伪装，在遇到危险的时候，章鱼还会喷出类似墨汁的物质作为烟幕，而且它们可以连续6次强劲喷射。玛京内特斯章鱼在遇到危险时，还会把八只腕臂中的六只向上弯曲折叠，模拟出椰壳的模样，而用剩余的两只"爪"站在海底，偷偷地向后挪动，以倒退跨步走的方式逃难，就像一个会走路的小椰子，姿势非常滑稽。

❻ 海底黑烟囱隐藏着什么样的秘密？

1979年，"阿尔文号"深海潜艇在东太平洋深2610~1650米的海底熔岩上，发现了数十个直径约15cm左右的"黑烟囱"。从"黑烟囱"里面源源不断地喷出350℃高温的含矿热液，这些炙热的液体和周围的海水混合后，很快就产生沉淀变成了"黑烟囱"。这些"黑烟囱"里到底隐藏着什么秘密呢？

❂ "黑烟囱"这种奇观只分布在地壳张裂或薄弱的地方，比如大洋中脊的裂谷、海底断裂带，以及海底火山附近。目前人们在世界各大洋的地质调查中都发现了"黑烟囱"的存在。

❂ 科学家从"黑烟囱"里采集的熔岩上发现，上面布满了含有重晶石的凹陷管状深孔。经确认，这些管洞极有可能是擅长打洞筑巢的管足蠕虫创造出来的杰作。

❂ 深海"黑烟囱"边的蠕虫居民是目前所知地球上最耐高温和适应温差最大的动物，它们既不怕热也不怕冻。管足蠕虫可以长到46厘米，和成年人的手臂差不多，有的管状蠕虫甚至能长到3米长。这类蠕虫没有口腔和肛门，完全靠体内的硫细菌供给营养。

海底"黑烟囱"是一种海底热泉，它的发现与研究打破了人们对深海大洋的传统看法，在认识海洋、开发海洋方面给科学家们提出了一系列新的课题。

❼ 小丑鱼真的雌雄不分吗?

小丑鱼尼莫是雄是雌？你可能想都没想过这个问题。如果我告诉你小丑鱼具有独特的雌雄同体的生理特征，你相信吗？

❂ 孵化后的小丑鱼宝宝是没有性别的，但是为了种群的平衡，当小丑鱼种群中没有雄性小丑鱼时，没有性别的小丑鱼就会变成雄性。

❂ 这还没有结束。当小丑鱼种群中没有雌性小丑鱼时，雄性小丑鱼就会变成雌性。你一定想不到这点吧？

❂ 小丑鱼变性的过程是不可逆的。也就是说，从没有性别的小丑鱼变成雄性，然后从雄性变为雌性，都是不能变回从前的模样的。

❂ 小丑鱼最好的朋友是珊瑚，它们是共生互利的关系。在珊瑚的触手上长有有毒的刺细胞，而性格温顺的小丑鱼身上有一层特殊的黏液，这让它能够免受珊瑚刺细胞的伤害。当小丑鱼发现敌情时，它会迅速躲进珊瑚丛中，想要在这毒刺丛林中捉到小丑鱼可不是件容易的事。

❂ 小丑鱼可不是耍赖般住在珊瑚丛中的房客，它可以帮助珊瑚清理口腔，是一位勤勤恳恳、任劳任怨的"清洁工"。

如果你热爱潜水，就去珊瑚丛中寻找一下小丑鱼的身影吧！

❽ 海蛇的毒性到底有多大？

海蛇和陆蛇在体形上最大的差异就是尾巴，海蛇的尾巴是扁的，侧面看就像摇橹船的摇橹。海蛇的脑袋与陆地无毒蛇的脑袋是一样的，都是椭圆形的。那么海蛇是不是也无毒呢？当然不是，它们可都是具有前沟牙的毒蛇，活生生一个"披着羊皮的狼"。

✪ 钩嘴海蛇毒液的毒性相当于眼镜蛇毒液毒性的2倍，是氰化钠毒性的80倍。钩嘴海蛇的毒液能够在短短数秒钟之内让猎物瘫痪并失去生命。

✪ 贝尔彻海蛇是目前世界上已知毒性最大的蛇。

✪ 海蛇全身的黑色环带有55~80个，它们喜欢成群结队聚在一起顺水漂游，尤其喜欢在大陆架和海岛周围的浅水中栖息，在水深超过100米的开阔海域中很少见。

✪ 海蛇终生生活在海水中，但是和鱼不一样，它们没有鳃和鳔。海蛇的肺几乎与身体等长，从头一直延伸到尾巴，鼻孔朝上，里面有瓣膜，吸入空气后，可以把鼻孔关闭起来潜入水下。海蛇潜水的深度不等，浅水海蛇的潜水时间一般不超过30分钟，在水面上停留的时间也很短，每次只是露出头来，很快吸上一口气就又潜入水中了。深水海蛇潜水的时间可长达2~3个小时。

海蛇虽然毒性极强，不过一旦离开水，它们就没有进攻能力了，甚至几乎完全丧失自卫能力。

9 为什么把鲨鱼叫做海底的恐龙?

2015年2月2日，英国《每日邮报》报道了一则消息，洛赫莱恩·凯利和父亲迈克一起在澳大利亚海岸捕获了一条十分罕见的剑吻鲨。剑吻鲨是剑吻鲨科最后幸存的物种，它起源于1.25亿年前，被称为鲨鱼界的"活恐龙"。为什么人们要把鲨鱼叫做海底恐龙呢？

✪ 鲨鱼是一类非常古老的鱼种，在侏罗纪时代就已经形成现代物种了，当恐龙称霸世界的时候，鲨鱼也没闲着。美国古生物学家在一个8米多长的蛇颈龙骨骼化石中发现了80多颗巨大的鲨鱼牙齿。

✪ 鲨鱼在海水中对气味特别敏感，尤其是血腥味，受伤鱼类的少量出血，或者得病鱼类的不规则游弋所产生的低频振动，都可以把鲨鱼从远处招来。

✪ 鲨鱼的咬食力是海洋动物中最大的。一条体长约250cm的鲨鱼，其咬食压力可高达每平方英寸18吨（1平方英寸＝6.4516平方厘米）！

✪ 鲨鱼的体型大小不一，身长最短的只有20厘米，最长的可达18米。作为鱼类的它们身上没有鱼鳔，调节沉浮主要靠肝脏储藏的油脂量来实现。

✪ 大白鲨是目前海洋里最厉害的鲨鱼，上腭排列着26颗尖牙利齿，且牙齿背面有倒钩，猎物一旦被咬住就很难再挣脱。

这就是鲨鱼，海底的恐龙。

❿ 真正的"蛟龙号"你知道是什么样子吗?

"蛟龙号"是中国第一艘深海潜水器，诞生于2009年。它体长8.2米、宽3.0米、高3.4米，在空气中的重量不超过22吨，可以乘载一名潜水员和两名科学家。另外，除乘员重量之外，它还可以有效负载220公斤，力气可真不小！

　　✪ "蛟龙号"的设计潜水深度是7000米，目前它实际下潜的深度已经达到了7062米。

　　✪ "蛟龙号"的内部没有安装空调，在下潜到5000米的海底时，舱壁的温度只有2℃左右，而舱内的温度却是十几摄氏度，这样就会产生冷凝水。为了吸收这些冷凝水，潜水员必须使用尿不湿。吓了一跳吧？哈哈！其实那些尿不湿是踩在脚下的。

　　✪ 整个潜航过程需要十小时左右，"蛟龙号"内部没有留出厕所的空间，如果有机会乘坐，最好在下潜前把生理问题解决好。

　　✪ 到海底去干什么？"蛟龙号"的使命是把科学家带到海底，对包含海山、洋脊、盆地和热液喷口等复杂地形的海底世界进行探测。

　　作为中国第一台自行设计、自主集成研制的深海载人潜水器，"蛟龙号"创造了世界同类作业型潜水器的最大下潜深度纪录，可以在全球99.8%的海洋深处进行作业。

图书在版编目（CIP）数据

神秘地图：潜水艇上的法老王／银河牧童著. —北京：化学工业出版社，2015.4（2024.4重印）
（芝麻科学探险解谜系列）
ISBN 978-7-122-23308-0

Ⅰ. 神… Ⅱ. ①银… Ⅲ. ①儿童文学–长篇小说–中国–当代 Ⅳ. I287.45

中国版本图书馆CIP数据核字（2015）第055591号

责任编辑：王向民　张素芳　王思慧
责任校对：陈　静
装帧设计：水长流

出版发行：化学工业出版社（北京市东城区青年湖南街13号　邮政编码100011）
印　　装：北京天宇星印刷厂
880mm×1230mm　1/32　印张7　字数150千字　2024年4月北京第1版第9次印刷

购书咨询：010-64518888　　　售后服务：010-64518899
网　　址：http://www.cip.com.cn
凡购买本书，如有缺损质量问题，本社销售中心负责调换。

定　　价：20.00元　　　　　　　　　　　　　　版权所有　违者必究